Miguel Delibes

Frau in Rot auf grauem Grund

Roman

Aus dem Spanischen
von Michael Hofmann

Verlag Klaus Wagenbach Berlin

Ich weiß wohl: trinken, um zu flüchten, ein alter Trick. Aber kennst du einen wirksameren, um dir selbst zu entkommen? Durch ein Glas Wein schwindet die Erinnerung, aber gleichzeitig verwandelt sich die drückende Schwere deines Körpers in eine Art schwebende Durchlässigkeit. So ähnlich wie bei Fieber. Ist der Trancezustand vorüber, überfällt dich Niedergeschlagenheit, aber es gibt ein Mittel, ihr zu entgehen: den Alkoholspiegel im Blut auf einer Höhe halten, die dich glauben läßt, du nimmst am Leben teil, das Leben geht an der Grube, in der du verwest, nicht vorbei, ohne zu merken, daß es dich gibt. Diese Art Energie setzt man für gewöhnlich mit Freude gleich, obschon sie natürlich keine Freude ist. Höchstens eine niedere, fruchtlose Energie; andernfalls würde ich arbeiten. Aber mein Geist, wenn es ihn jemals gab, hat sich erschöpft. Du siehst ja: Ich bin nicht einmal imstande, eine Leinwand zu beschmieren oder auch nur einen Pinsel in der Hand zu halten.

Vor einer Stunde, als du kamst, betrachtete ich, wie jeden Tag, von meinem Sitz hinter dem Giebelfenster aus den Kiesweg. Ich sah deinen Wagen vorbeifahren. Ich habe dich erwartet. Alicia hatte mir gestern gesagt: Der Alptraum ist vorüber. Sie haben sie beide freigelassen. Ana wird dich morgen besuchen. Gedämpft durch die Glasscheibe dringt das Leben des Dorfes zu mir: die Brotbäckerin, das Treiben auf den Gemüsefeldern, das eintönige Brummen von Herrn Balbinos Traktor; der Hirte mit den Schafen ... Alles, was mein derzeitiges Leben ausmacht, zeichnet sich jeden Morgen in diesem Giebelfenster ab. Ich betrachte alles; ich sehe alles. Ich bin wie Gott. Das Oberlicht hingegen ist etwas anderes. Es betrachtet mich, blendet mich mit seiner übermäßigen Helligkeit. Aber deine Mutter wollte es so: groß und unbarmherzig, damit ich meine Unzulänglichkeiten nicht auf Mängel der Einrichtung schieben konnte. Das Schwierige daran war, den großen Lichtschwall mit einem Landhaus aus dem 18. Jahrhundert in Einklang zu bringen. Ohne Gewaltanwendung mußte das Moderne in das Rustikale eingebunden werden. Eine ihr angemessene Aufgabe. Denn eines ihrer Talente bestand ja darin, alte Wohnsitze zu restaurieren, ohne mit der Umgebung aneinanderzugeraten; ohne die reine Struktur von Stein und Holz zu beeinträchtigen.

In dieses alte Haus, das zwei Jahrhunderte hinter sich hat, verliebte sie sich vor Jahren. Bekümmert beobachtete sie seinen fortschreitenden Verfall, seinen Zusammenbruch. Sie kannte den Besitzer nicht, aber eines Tages teilte ihr jemand mit, der letzte Bewohner sei ein Beamter des Landwirtschaftsministeriums gewesen, ein

Forstwart. Die Auskunft mißfiel ihr. Behörden schüchterten sie ein. Sie hatte lieber mit Menschen aus Fleisch und Blut zu tun. Gegenüber Ämtern war sie ein wenig gehemmt, wohl weil Ämter sich ihrem persönlichen Charme gegenüber unempfindlich zeigten. Doch dieses Haus zog sie dermaßen an, daß sie jedesmal, wenn wir spazierengingen, davor stehen blieb, seine ursprüngliche Bauweise analysierte: ohne Ziegelstein und Zement, die den Tuffstein tragenden Eichenstreben, die Balkonanlage aus Eisen, die mickrigen Nordfenster mit winzigen, verstellbaren Fensterläden. Eines Tages drang sie durch ein Loch in einer Seitentür ein. Sie war von der soliden Bauweise des Hauses hingerissen: das Gebälk, die Stützstreben, die soliden Kragsteine, das Parkett aus breiten Dielen, die schmerzvoll ächzten, wenn man auf sie trat. Mir bleibt nichts anderes übrig, als ins Ministerium zu marschieren, sagte sie mir beim Gehen. Sie war geradezu geblendet. Am nächsten Tag fuhr sie allein nach Madrid. Sie weihte nicht gern jemanden in ihre Launen ein; derartige Angelegenheiten erledigte sie auf ihre Weise. Also blieb ich bei deinen Geschwistern in der Hütte und paßte auf sie auf. Sie kehrte ganz zuversichtlich zurück: Alles geklärt, sagte sie zu mir; du bekommst dein Atelier. Ich fragte sie, ob sie das Haus gekauft habe, aber sie schüttelte verneinend den Kopf. Oft umgab sie ihre Antworten mit spöttischer Verschwiegenheit. Sie liebte Überraschungen: überraschte andere gern und ließ sich gern überraschen. Öffentliche Gebäude werden nicht verkauft, erklärte sie. Ich wandte den Blick nicht von ihr, denn das schien mir keine überzeugende Antwort zu sein. Aber sie fügte bloß hinzu, als wäre dies etwas allgemein Bekanntes: Sie werden versteigert oder getauscht. Bezaubert folgte ich ihrem Lächeln. Stets bewunderte ich an ihr, wie entschlossen sie war, daß sie wußte, was sie wollte, die Art, wie sie die Dinge anging, selbst wenn ihr, wie in diesem Fall, manchmal der Papierkram und die Formalitäten gegen den Strich gingen. Mir kommt es immer noch so vor, als würde ich sie sehen, wie sie am folgenden Morgen in der Hütte auf der Matte sitzt, auf einem Schemel das Glas Orangensaft, das ihr Frühstück war, belustigt über meine Verwirrtheit, der kleine Kopf auf dem schlanken, festen und so zerbrechlichen Hals. Ich habe mich fürs Tauschen entschieden, sagte sie im gespielten Tonfall eines Immobilienmaklers; ich werde eine Wiese in Villarcayo kaufen und sie bei der Forstbehörde eins zu eins gegen dieses Haus einhandeln. Und so machte sie es. Sie erwarb eine große Wiese, groß genug, um zwei Dutzend Kühe zu weiden, und tauschte sie gegen das Haus ein. Damit hatte die Arbeit erst angefangen. Jetzt mußte sie es abstützen, wiederaufbauen, herrichten und ausstatten. Sie hatte eine ganze Weile lang eine Beschäftigung.

Zwei Wochen später, als wir wieder in der Stadt waren, verhafteten sie Leo und dich. Ich sehe noch die beiden über mein Bett gebeugten Gesichter, Alicias bestürzten Blick, den aufmerksamen deiner Mutter, die mir durch Zeichen zu verstehen gab, daß ich mir die Stöpsel aus den Ohren nehmen sollte. Ich wehrte mich. Was ihr mir berichten wollt, schreckt mich, sagte ich. Ich hatte Angst. Nachrichten am Morgen habe ich von jeher gefürchtet. Ich sehe noch die beiden auf mich eindringenden Gesichter, die eingeschaltete Lampe über meinem Kopf, den blauen Glassturz. Bringt es mir schonend bei, flehte ich. Sie nickte, und erst da nahm ich die Stöpsel aus den Ohren. Ihre Stimme war ruhig: Sie haben Ana und Leo verhaftet, sagte sie. Ich hatte einen nicht wiedergutzumachenden Schlag gefürchtet, aber das kam mir nicht so unabänderlich vor. Sie verhafteten tagtäglich Dutzende von Studenten, und ich wußte, daß ihr seit einiger Zeit politisch aktiv wart, genauer gesagt: daß Leo bei der Revolutionären Front war. Nicolás berichtet, daß sie Leo verhaftet haben, als er das Auto an der Universität parkte; es war voller Flugblätter gegen den »Prozeß 1001«. [Im »Prozeß 1001« wurden im Dezember 1973 Führer der illegalen kommunistischen »Arbeiterkommissionen« zu hohen Haftstrafen verurteilt.

Anm. d. Ü.] Und Ana kurz darauf im Labor. Dann berichtete sie noch ein paar Nebensächlichkeiten. Ich schaffte es, mich im Bett aufzusetzen. Es war mir gelungen, die Beschränktheit meines Denkens hinter mir zu lassen, durch die ich außerstande war, mir die verschiedenen Seiten des Problems alle auf einmal vorzunehmen. Ich reagierte plötzlich und fragte nach dem Mädchen. Es war bei Nicolás und seinen Freunden, in der Wohnung in der Calle San Julio. Sofort schaltete mein Gehirn sich ein. Fahren wir schnell hin, sagte ich. Wir müssen verhindern, daß sie die beiden foltern. Darauf war ich fixiert. Aber während ich mich anzog, obwohl es erst vier Uhr morgens war, hing deine Mutter schon am Telefon. Sie klingelte ihren Cousin Indalecio Vicuña aus dem Schlaf, Falangist der alten Garde, außerdem den Obersten Mariano Gajate, Bruder des staatlichen Rechtsvertreters Justo Gajate, und den Staatsanwalt Alonso Cano aus der Familie der hiesigen Canos, ein alter Bekannter. Alle nahmen ihren Anruf als etwas ganz Natürliches entgegen. Das war eine weitere Gabe deiner Mutter: Sie besaß die Fähigkeit, in ein fremdes Haus einzudringen, ja sogar den Schlaf ihres Nächsten zu stören, ohne ihn zu verstimmen. Vielleicht lag das daran, daß ihr im Grunde alle etwas schuldig waren.

Vergangene Woche bei der Eröffnungszeremonie der Kunstakademie widmete Evelio Estefanía in seiner Streitrede deiner Mutter einige Worte: Eine Frau, sagte er, die einem allein durch ihr Dasein die Schwere des Lebens erleichterte. Ein Urteil, dem nichts hinzuzufügen ist. Oft habe ich mich gefragt: Woher nimmt sie dieses Taktgefühl für ihre Mitmenschen, ihre originellen Ansichten über die Dinge, ihren erlesenen Geschmack, ihr Feingefühl? Ihre Vorfahren waren einfache Leute, Zuwanderer vom Land mit nur wenig Phantasie. Von wem lernte sie also, daß eine Rose in einer Blumenvase schöner sein kann als am Strauch oder daß Schönheit in einer alten Standuhr stekken kann, die entkernt und mit Büchern vollgestellt ist? Estefanías Urteil war zutreffend: Ihr Dasein erleichterte einem die Schwere des Lebens. Manchmal genügte schon ihre Stimme. Deshalb nahmen ihr Vicuña, Gajate und auch Alonso Cano nicht übel, daß sie von ihr zu einer unmöglichen Uhrzeit geweckt wurden: Nicolás macht sich Sorgen, daß sie sie foltern. Ich hörte sie am Telefon, immer wieder mit derselben Leier. Später, in der Stille des Morgens, als wir zum Auto hinuntergingen, bekannte sie mir, Oberst Gajate habe etwas Merkwürdiges gesagt: Der Polizeiapparat habe einen derartigen Grad an Perfektion erreicht, daß nicht einmal der oberste Leiter mehr das eigenmächtige Vorgehen eines Untergebenen verhindern könne. Ein solches Eingeständnis überraschte mich. Dieses Geschick, die

Leute zum Reden zu bringen, war mir an deiner Mutter neu.

Eineinhalb Wochen lang lebten wir mit dem Mädchen in eurer Wohnung. Am ersten Tag brachte seine Großmutter es in die Kinderkrippe. Am Nachmittag holte ich es ab, während sie die Wohnung aufräumte. Für mich sahen alle Kinder gleich aus, und ich fürchtete schon, die Kleine nicht zu erkennen. Aber als ich meinen Blick über die Reihe der Kinderwagen schweifen ließ, lächelte mich ein Mädchen mit roter Mütze an. Kannst du dir das vorstellen? Das war sie, ihr Lächeln, ich erkannte es augenblicklich. Aber darüber hinaus hatte das Ganze etwas Geheimnisvolles: Wie konnte ein kleines Mädchen von nur wenigen Monaten seinen Großvater erkennen, den es im Leben nur ein paarmal gesehen hatte?

Nicolás und seine Freunde aus der Calle San Julio brachten uns jeden Abend Nachricht. Du hattest die Nacht von Verhör zu Verhör im Sicherheitshauptquartier verbracht. Leo in einer Zelle, in die von einem Tonband in der Nachbarzelle aus das Gewimmer einer Frau übertragen wurde. Sie wollten ihn angeblich glauben machen, du seist diejenige, die weinte, um ihn zu zermürben. Kannst du dir eine derartige Schliche vorstellen? Sie waren beunruhigt, welche Formen der »Prozeß 1001« annahm, fürchteten, die Kontrolle über die Straße könne ihnen aus den Händen gleiten. Daher meine

Angst vor Folter, eine Angst, die so ausgeprägt war, daß sie mich lähmte. Sie war praktischer. Sie schaffte sämtliche kompromittierenden Unterlagen aus der Wohnung, so daß die Polizei, als sie am Nachmittag eintraf, nichts fand: nur »Das Kapital«, eine Schreibmaschine und eine Jagdflinte mit den vorschriftsmäßigen Papieren, die sie mitnahmen. Das war ihre ganze Beute.

Für den folgenden Morgen hatte deine Mutter ein Gespräch mit Alonso Cano vereinbart, dem Staatsanwalt. Wie sie mir sagte, war er korrekt, wenn auch reserviert. Er fürchtete, jemand könne zugeben, daß die Polizisten den Häftlingen Zigarettenkippen auf der Haut ausdrückten, um sie zum Singen zu bringen. Sie meinte dazu, sie glaube es weder, noch zweifle sie es an. Man dürfe sich jedoch nicht jeglichem Beweis dafür verschließen. Vielleicht müßten wir eines Tages dafür Rechenschaft ablegen, sagte sie zu ihm. Das ließ sie wie nebenbei fallen, weil sie wußte, daß Alonso Cano sehr religiös war und ihn diese Anspielung auf irgendein Gericht, ein unanfechtbares Gericht, das sehr wohl auch das Jüngste Gericht sein konnte, beeindrucken würde. Und so war es auch. Er versprach ihr, die Formalitäten zu eurer unverzüglichen Überstellung ins Gefängnis zu beschleunigen, wo eure Unversehrtheit eher gewährleistet sei.

Deine Mutter hielt ihren Glauben stets lebendig. Vor ihrer Operation ging sie zur Beichte und Kommunion. Ihr Glaube war schlicht, aber fest. Weder hatte sie mystische Anfälle, noch stellte sie sich theologische Fragen. Sie war keine frömmelnde Frau, aber den Glaubenssätzen war sie treu: Sie konnte sich gut an die Stelle ihres Nächsten versetzen und tat es gern. Sie war Christin und brachte dem Geheimnis Hochachtung entgegen. Ihr Gottesbild war Jesus Christus. Sie brauchte ein menschliches Bild des Allmächtigen, mit dem sie sich verständigen konnte. Gleich nachdem wir uns kennengelernt hatten, erzählte sie mir, daß vor der Erstkommunion alle mit ihr über Jesus sprachen: ihre Eltern, ihre Tanten, die Nonnen in ihrer Schule. Ausschließlich über Jesus. Um Jesus empfangen zu können, mußt du brav sein, sagten sie zu ihr. Nur Schwester Mariana de Todos los Santos sprach über Christus. Christus vertraue auf die gehorsamen Mädchen. Wenn Christus dich lügen hörte, würde er zürnen. Auf diese Weise, erzählte sie mir, habe sie Gott mit Jesus gleichgesetzt, und weder das Leben noch das Lesen hätten später ihre Meinung geändert. Am Tag ihrer Erstkommunion glaubte sie, Jesus gegessen zu haben, weder Gottvater noch den Heiligen Geist. Christus war das Fundament. Vor allem der Christus der Bergpredigt. Ihr Glaube war einfach, an das Menschliche gebunden; ein geradliniges, kompromißloses Christentum.

Im Alter von neun Jahren stellte deine Mutter sich die Frage nach der Ganzheit Christi in jedem Stückchen der Hostie, eine Frage, die viel über ihr Feingefühl verrät. Als nämlich der Schulkaplan zum erstenmal eine Oblate in vier Stücke brach, um vier zu spät gekommenen Klassenkameradinnen die Kommunion zu erteilen, weinte sie in der Nacht, weil sie sich einbildete, Don Tomás habe Christus verstümmelt. Um ihre Freundinnen nicht zu benachteiligen, hatte er ihn gevierteilt. Von diesem Tag an trat sie jedesmal, wenn der Kaplan im Kelch eine Hostie zerbrach, aus der Reihe und ging ohne Kommunion zu ihrer Bank zurück. Eines Morgens stellte Schwester Mariana de Todos los Santos sie zur Rede. Sie brachte vor, daß sie Jesus ganz empfangen wolle und nicht nur ein Bruchstück von ihm. Da machte die Nonne ihr klar, daß Christus noch im kleinsten Teilchen der Hostie ganz und wahrhaftig vorhanden sei, sogar in den Krümeln, die nach der allgemeinen Kommunion im Kelch blieben. Deine Mutter nickte verdutzt: Zum einzigen Mal in ihrem Leben war sie von einer theologischen Frage verwirrt. Schwester Mariana de Todos los Santos untermauerte ihr Argument: Bist du noch nie in ein Spiegelkabinett gegangen? Dort ist es nämlich genauso. Ebenso wie dein Bild von jedem der Spiegel vollständig zurückgeworfen wird, so steckt auch Christus in jedem Stück der heiligen Oblate, sagte sie. Das war für deine

Mutter ein Beweis seiner Macht. Christus vermehrte sich selbst, wie er zu seinen Lebzeiten Brot und Fisch vermehrt hatte. Doch ihre Phantasie flog auf leichteren Schwingen: Am Tag der Schulpatronin fiel bei der feierlichen Messe eine Hostie auf die Stufen des Altars. Der Kaplan unterbrach die Kommunion, hob die Oblate auf und verzehrte sie. Dann fuhr er mit einem feuchten Tuch über die Stufe und setzte die Zeremonie fort. Aber sie ließ beim Anstehen keinen Blick von dem Lappen, der zusammengeknüllt auf einer Seite des Altars lag. Was hatten sie mit ihm vor? Ihn zu waschen und in den Abfluß auszuwringen? Sie stellte sich Gott darin vor. Beabsichtigten sie, Christus in den Abwasserkanälen zu ertränken? An dem feuchten Tuch hafteten winzig kleine Stückehen des Brotes, und in jedem von ihnen befand sich ganz und wahrhaftig Jesus. »Nein!« schrie sie und fiel in Ohnmacht. Die Nonnen hoben sie auf und brachten sie auf die Krankenstation. Vierzehn Tage später verschwanden ihre Skrupel, die auf eine schwere Krise hinzudeuten schienen, ohne eine Spur zu hinterlassen. Wider allen Anschein war es keine Nervenkrise, sondern Ausdruck einer lebhaften Phantasie und eines ausgeprägten Feingefühls. Sie war ausgeglichen, anders; genau die Verjüngung, die mein Blut brauchte. Der Vorfall mit Christus in den Abwässern änderte nichts an ihrer Heiterkeit und berührte nicht im geringsten ihren Glauben. In ihrem Leben gab es immer ein religiöses Gefühl.

Jetzt fällt mir ein: 1964, als ich an der Universität Washington die Vorlesung über Velázquez hielt, brachte Frau Tucker, bei der wir wohnten, sie ab und zu zur Beichte. Beim erstenmal fragte ich erstaunt: Was kannst du dem Priester sagen, wenn du kein Englisch sprichst? Sie lachte, in ihren Augen leuchtete der Schalk auf: Daß sie dir die Absolution erteilen, dafür sind keine Worte nötig. Wenn ich einen Beichtstuhl aufsuche, dann deshalb, weil ich Zerknirschung fühle, ich bereue meine Sünden. Da hatte sie ganz recht. Außerdem entsprach es nicht ganz der Wahrheit, als ich ihr eine völlige Unkenntnis der Sprache unterstellte. Sie plapperte drauflos. An jedem beliebigen Ort der Welt genügten ihr ein paar Tage, um sich verständlich machen zu können. Ihr Gehör ging über das gewöhnliche Maß hinaus. Oft, wenn wir einen Film gesehen hatten, tauchte sie am nächsten Morgen im Atelier auf und trällerte die Melodie dazu. Sie war wie ein Tonband. Einmal versuchte ich sie zu überreden, einen Schritt weiter zu gehen, und bat sie beim Verlassen des Kinos, die Hintergrundmusik zu wiederholen: So nicht, antwortete sie mir, erst muß ich darüber schlafen. Sie mußte darüber schlafen, kannst du dir das vorstellen? Erst beim Aufwachen, erst am nächsten Tag kam die inzwischen verdaute Musik vom

Vorabend über ihre Lippen. Ihre Ansicht über das Gehör war recht einzigartig. Das gute Gehör sei von Bedeutung für unvermutet viele Dinge: Es sei genauso unerläßlich, um Sprachen zu lernen, zu tanzen oder zu humpeln. Ihre Theorien! Als wir zum erstenmal in Deutschland waren, ging sie mit erstaunlicher Selbstverständlichkeit allein zum Einkaufen. In Washington unterhielt sie sich schon fünf Tage nach unserer Ankunft mit den einsilbigen Schwarzen in den Stadtbussen. In Paris stellte sie sich auf einem Fest von Madame Labourtade, der Freundin von Elvira García, mitten unter die Gäste, erzählte Geschichten und schlug am Ende die Kastagnetten. Mich, der ich ihr Gegenteil war, versetzte ihre Anpassungsfähigkeit in Erstaunen. Und als ich mir beim Glatteis von 1971 das Bein brach, handhabte ich meine Krücken so schlecht, daß ich hüpfte, anstatt zu gehen. Sie lachte: Wenn du dir im Kopf das Humpeln zum Problem machst, brichst du dir auch noch das andere Bein. Für sie war auch anmutiges Humpeln eine Frage des Gehörs. Sie hatte ein intuitives Gehör, das es ihr mitunter ermöglichte, Ungesagtes mitzubekommen. In unseren jungen Jahren löste sie einmal das Kreuzworträtsel mit Eselsbrücken in der Zeitschrift »La Codorniz«, indem sie einen Phantasietext aufsagte, ohne andere Anhaltspunkte als die Kommata, Punkte und Betonungen. Sie ging den umgekehrten Weg wie üblich, das heißt, sie ermittelte die gefragten Wörter aus den Bruchstücken des Rätsels. Auf das Wort kam sie durch die Musik.

Eine Frau wie sie wäre in jeder Tätigkeit aufgeblüht, die Phantasie, Rhythmus und Harmoniegefühl erforderte. Aber sie haßte die Routine und war beim Lernen unstet; eines Tages hatte sie es satt und ließ das Studium mittendrin sein. Man schob mir einen Anteil an dieser Entscheidung zu, aber das ist nicht wahr. Lehrbücher langweilten sie; schon seit ihrer Kindheit langweilten sie sie. Auf diesem Gebiet gab sie sich gewissen Illusionen hin. Sie liebte Bücher, aber spontan gewählte Bücher. Sie war der Meinung, das Laster beziehungsweise die Tugend des Lesens hänge vom ersten Buch ab. Jemand, der sich einmal für ein Buch interessiere, werde unausbleiblich zum Sklaven des Lesens. Ein Buch verweise einen ans nächste, ein Schriftsteller an den nächsten, denn im Gegensatz zur gängigen Ansicht würden Bücher einem nie Fragen beantworten, sondern welche aufwerfen, so daß die Neugier des Lesers stets ungestillt bleibe. Und indem man bei anderen Titeln Beistand suche, eröffne man eine Reihe, die durch nichts als den Tod beschlossen werden könne. Sie hatte einen Heißhunger auf den gedruckten Buchstaben. Und steckte mich damit an. Sie war es, die mich den Büchern näherbrachte, bestimmten Büchern und bestimmten

Schriftstellern. Genaugenommen öffnete sie mir die Türen zu jener Welt.

Wir tauschten Texte über die Malerei aus. Ich redete für gewöhnlich über feste Schemata, während sie ihrer Phantasie freien Lauf ließ und Zusammenhänge entdeckte, die jedem anderen weniger aufgeweckten Leser entgangen wären. Deine Mutter brachte mir Proust nahe, Musil, aber auch Robbe-Grillet, und eines Tages machte sie mir bewußt, daß meine Malerei beschreibend und nicht erzählend war, genauso wie die Werke des Nouveau Roman. Sie entdeckte beängstigende Parallelen und theoretisierte mit solcher Leichtigkeit, daß man sich jedesmal, wenn sie einen Gedanken ausführte, schämte, daß er einem nicht selbst eingefallen war. Ich erinnere mich: Einmal, als wir über den deutschen Konstruktivismus und den Dadaismus sprachen, tat ich diese als Zeitvertreib ab. Sie aber hielt mir entgegen: Der Konstruktivismus integriere dort, wo der Dadaismus desintegriere, so daß es am Schnittpunkt beider Strömungen zu einer gewissen Verwirrung kommen könne. Ihr Gespür für Flächen, Formen und Farben hätte sie zu einer scharfsinnigen Kunstkritikerin gemacht.

Daher rührte auch ihre Bewunderung für Primitivo Lasquetti, den *Poète maudit*; eine flammende, gönnerhafte Begeisterung, obwohl sie höchstens sechs oder sieben Jahre älter war als er.

Primo war ein unabhängiger Kopf, der die Dinge beim Namen nannte. Aber das war leicht, das konnten auch die Mittelmäßigen: Bemerkenswert ist nicht, daß er die Dinge beim Namen nannte, sondern daß er es voll Scharfsinn tat, in der glänzendsten Prosa der letzten fünfzig Jahre, wie sie stets sagte. Kein anderer Kritiker habe eine so persönliche Sicht auf die zeitgenössische Kunst, äußere so unterhaltsame und blendende Urteile; so erklärende. Mich schätzte Primo, wir verstanden uns, aber bei unseren dünngesäten Begegnungen war sie diejenige, die die Singstimme übernahm, die ihn kitzelte, bis er aufgebracht war, denn, so sagte sie, gerade wenn er aufgebracht sei, komme seine Genialität zum Vorschein.

Sie bewunderte seine Gedanken, seine Gedankendichte und auch die Weise, in der er sie ausdrückte. Sie las ihn unermüdlich; sie las ihn immer wieder. Seinen Zynismus, seine Dreistigkeit, seine Unverschämtheit wischte sie hinweg. Genialität bringe diese Unannehmlichkeiten für gewöhnlich mit sich, meinte sie. Die Beziehung der beiden war so intellektuell, so über alles Herkömmliche erhaben, daß ich niemals eifersüchtig auf ihn war. Ihr gegenüber wäre es in jedem Fall eine Geistlosigkeit gewesen, Eifersucht zu zeigen, aber dies gar erst wegen ihrer Bewunderung für Primo zu tun, wäre ein grober Fehler gewesen, ein Irrtum, den sie mir womöglich nie verziehen hätte.

Sie lernte ihn in der Nationalbibliothek kennen, an dem Nachmittag, als er eine Sammlung von Märchenbüchern vorstellte. Die Schau war logischerweise voll von Leuten, die mit Kinderliteratur zu tun hatten, aber die von Primo vertretene These lautete, daß Kinder sich überhaupt nicht für Märchen interessierten, daß das, was Kinder lesen wollten, die Bücher seien, die ihre Eltern in der Bibliothek unter Verschluß hielten. Es kam zu einem regelrechten Skandal, aber sie war begeistert: Er ist origineller, als du mir gesagt hast, meinte sie immer wieder. Ein Mann mit Widerspruchsgeist, das ist er; ein Streithammel, lachte ich. Aber sie war fasziniert von Menschen mit eigenständigem Profil, die sich von anderen abhoben. Mit der Zeit lernte sie Lasquetti kennen, seine Einfälle, seine Herzlosigkeit, seinen Zynismus, seinen Sarkasmus, aber auch seine Schüchternheit, sein Feingefühl, das er so geschickt hinter Frechheit versteckte. Es ist, als hätte er eine offene Rechnung mit der Gesellschaft, meinte sie. Seine Kritiken, seine Schriften, einschließlich der rein fiktionalen, bargen in ihrer Weitsicht eine Sprengkraft, die Menschen, Karrieren und Institutionen erschüttern konnten. Anscheinend machte es ihm Spaß, Haß auf sich zu ziehen. Aber den wenigen Werten, die er achtete, war er treu, auch der Freundschaft. Sie sagte immer: Seine Verächtlichkeit ist bloß äußerlich; allenfalls eine Maske.

Er liebt ein halbes Dutzend Menschen, aber das dafür bedingungslos, aus ganzem Herzen. Gelegentlich gab sie ihm das zu verstehen. Er antwortete dann mit gespieltem Gleichmut: Glaubst du, daß es auf der Welt mehr als ein halbes Dutzend Menschen gibt, die geliebt zu werden verdienen? Voll Überzeugung behauptete sie: Die Leute wollen ihn verachten, können es aber nicht; er ist zu bedeutend. Und sie hatte recht. Nur selten kam bei fundierten Gesprächen in mehr oder weniger intellektuellen Kreisen nicht die Rede auf ihn. Und jedesmal, wenn er erwähnt wurde, entstand eine Pause, die die Anwesenden nutzten, um sich mit gewissem Argwohn gegenseitig zu mustern; aber das Schweigen dauerte nur so lange, bis der erste Schimpfname fiel: Der, das ist ein Halunke, sagte einer. Und auf den ersten Stein folgte der erbarmungslose Steinhagel: Er sei nachtragend, blasphemisch, stolz, gewissenlos ... Es gab kein Adjektiv, das nicht auf ihn angewandt worden wäre. Und da richtete sie sich zu seiner Verteidigung auf. Eine der schönsten Erinnerungen, die ich an deine Mutter bewahre, ist sie, allein, entflammt, die Sehne ihres zerbrechlichen Halses angespannt, in ihrer Rolle als Primos Verteidigerin gegenüber der Clique der Inquisitoren: Alle einzigartigen Menschen seien voller Widersprüche. Dabei überraschte ihre Haltung, die Hitzigkeit ihrer Worte, die viele der Nachsicht des unerbittlichen Primitivo Lasquetti gegenüber meiner Malerei zuschrieben.

Als das Gerücht von meiner Aufnahme in die Kunstakademie aufkam, als es hieß, jemand sei bereit, meine Kandidatur vorzuschlagen, zögerte ich wegen meines geringen Akademismus anzunehmen, aber sie redete mir mit nur wenig Eitelkeit zu: Du mußt annehmen und anschließend Primo und César Varelli reinbringen. Dieses Haus hat eine Verjüngung nötig. Wer sie nicht kannte, hätte schlecht über sie gedacht, hätte über meine leichtfertige Billigung jener Freundschaft zu Primo gespottet, aber ich kannte die Grenzen ihrer Beziehung, wußte um das rein intellektuelle Spiel, das zwischen ihnen ablief. Beide hatten einen ausgeprägten Sinn für Schönheit; der Unterschied lag in folgendem: Während bei Primo der Sinn für das Schöne nicht über die Sphäre der Kunst hinausreichte, *entdeckte* deine Mutter das Schöne in den fragwürdigsten und augenscheinlich belanglosen Dingen. Und wo es nicht existierte, war deine Mutter in der Lage, es zu schaffen, indem sie mit den herrschenden Werten brach und dabei sämtliche Risiken auf sich nahm.

Und dennoch gab sie nicht zu, daß dies eine Begabung war, daß wir übrigen Sterblichen außerstande waren, dorthin zu gelangen, wohin sie gelangte. Das heißt, wenn ich ihr ein Geschenk machte, wollte sie nicht nur, daß ich sie überraschte, sondern auch, daß die Überraschung nach ihrem Geschmack war. Sie ging davon aus, daß mir einfallen würde, ihr den Gegenstand zu schenken, auf den sie plötzlich Lust hatte. Das kam ihr natürlich vor, so schwierig es auch war. Darum schimmerte jedesmal, wenn ich mich irrte (was häufig vorkam), unter ihrer scheinbaren Freude ein wenig Enttäuschung durch, vielleicht weniger über die Nichtigkeit des Geschenks als vielmehr über meinen mangelnden Einblick. Sie begriff meine Ungeschicklichkeit nicht. Sie war der Auffassung, da ich ein Künstler bin, entbehre mein Versagen beim Unterscheiden zwischen Schön und Häßlich der Rechtfertigung; es sei schlicht geistige Faulheit. Es ist bloß geistige Faulheit, sagte sie immer zu mir. Aber weiß Gott, es war keine geistige Faulheit. Ich liebte sie so sehr, daß ich ein Fingerglied geopfert hätte, um auch nur einmal im Leben ins Schwarze zu treffen. Daß sie, wenn sie von mir ein Geschenk bekam, wenigstens einmal gedacht hätte: Mein Gott, das ist genau das, was ich mir auf der Welt am meisten gewünscht habe. Doch so weit kam es nicht; dieses Ansinnen war unmöglich. Ihrem guten Geschmack gerecht zu werden, dem Flug ihrer Phantasie zu folgen, ging über meinen Verstand. Sie weigerte sich, mir Orientierungshilfe zu leisten, und ich war unfähig, aus eigener Kraft etwas zu finden, was ihr gefallen hätte. Das Problem war unlösbar, so daß ich jedesmal, wenn ich ihr etwas schenkte, Hemmungen hatte, denn obwohl sie Freude vorgab, spürte ich, daß ich mich abermals geirrt hatte; daß jenes Geschenk wie die vorhergehenden in einer dunklen Kiste weggesperrt oder aus dem Haus verschwinden würde, ohne eine Spur zu hinterlassen.

Kurz nach unserer Hochzeit, in der Zeit, als du geboren wurdest, hatte ich die Hoffnung, ins Schwarze zu treffen, noch nicht verloren. Ich wollte sie überraschen, und jedesmal, wenn wir gemeinsam bummeln gingen, lauerte ich auf ihre Miene vor den Schaufensterscheiben, lauschte ich auf ihre Bemerkungen gegenüber Veronica, achtete ich auf die Frauen, die sie bewunderte: zwecklos. Wieder geschah der Irrtum. Meine Beobachtungen nutzten gar nichts, so daß ich mich im Laufe der Jahre immer überflüssiger und widersinniger fühlte. Und so ging es immer weiter, bis ihr Mädchen auf die Welt kamt. Ihr mußtet erst groß werden, du, Alicia und die kleine Mar, damit ich zu einer Lösung finden konnte. Mit eurer Hilfe bestand kaum ein Risiko, daß ich mich irrte. Ihr verfügtet über Kenntnisse und, wenn es daran mangelte, über Intuition. Zwischen ihr und euch existierten unsichtbare Verständigungswege, ein Strömen, durch das sie euch ihre Schwingungen angesichts des Schönen übermittelte. Doch auf welchen geheimnisvollen Wegen gelangten diese Schwingungen zu ihr?

Deine Mutter gab ihr Studium aus eigenem Antrieb auf. Sie ärgerten sein Aufbau, die mittelmäßigen Professoren, die aufgezwungenen Lehren. Ihr Kopf lief sehr schnell, eilte dem ihrer Lehrer voraus. Leicht bewältigte sie die beiden Grundstudienjahre, aber dabei blieb sie stehen, weigerte sich weiterzumachen. Im selben Jahr schloß ich die Kunstakademie ab, hatte aber noch immer kein Bild verkauft. Das Diplom bedeutete das Erreichen einer akademischen Stufe, aber mehr auch nicht. Mir fehlte das Geld zum Leben; ich verdiente nicht eine Pesete. Aber daß deine Mutter von der Universität abging, hatte mit alledem nichts zu tun, nichts mit meiner Laufbahn, mit der Eile, in der wir heirateten. Ihr war eine offizielle Beglaubigung ihrer Kenntnisse im Alter von zwanzig Jahren unwichtig; sie maß ihr keine Bedeutung bei. Wichtig war, sie zu haben, diese Kenntnisse zu haben, meine ich. Hätte sie einen Abschluß machen wollen, wäre Widerstand meinerseits zwecklos gewesen. Mit der Zeit dachte sie anders, und euch zum Beispiel wies sie den Weg zur Universität. Ein Paradox. Voll Witz erzählte sie dieses Kapitel aus ihrem Leben, aber in den verschiedenen Versionen, die ich davon hörte, trug ich niemals die Verantwortung für ihren Entschluß.

Hätte sie es gewollt, wäre sie eine große Fabuliererin geworden. Sie erzählte die Dinge voll

Esprit; ihre Abschweifungen waren zwar genauso unterhaltsam wie das Hauptthema, sie verlor sich aber nie darin; sie sprang hin und her, variierte den Spannungsgrad, verzögerte die Auflösung, ahmte die Figuren nach. Es spielte keine Rolle, ob sie eine weitläufige Geschichte oder eine kurze Busfahrt schilderte. Aus allem zog sie Gewinn, alles belebte sie mit solchem Zauber, daß man sich ihrem Bann nicht entziehen konnte; sie wäre imstande gewesen, die Aufmerksamkeit ihrer Zuhörer wochenlang zu fesseln. Neben ihren Gaben als Beobachterin war sie auch erfinderisch; sie hatte eine überschäumende Phantasie. Oft versuchte ich sie dazu zu bewegen, daß sie etwas schrieb, aber sie hörte auf mich, wie man es regnen hört, machte sich über mich lustig. Ich hätte mich so gefreut, wenn sie es probiert hätte!

Ich erinnere mich: Als sie euch festnahmen, warfen sie Leo eine Stellung bei der Front vor, Schatzmeister, Sekretär oder was weiß ich, eine Anschuldigung, die, hätte sie sich bestätigt, strafverschärfend gewirkt hätte. Sie überprüften eure Bankkonten und stießen auf zwei Posten, die sie für verdächtig hielten. Eines Morgens gab deine Mutter die Kleine in der Krippe ab und ging zum Gericht für politische Strafsachen, um sich mit dem Untersuchungsrichter zu treffen. Obwohl er den Ruf hatte, barsch zu sein, zeigte er sich ihr gegenüber aufgeschlossen, er hörte sie an. Ohne ihn zu kennen, erklärte sie ihm die Herkunft des Geldes und wickelte ihn offenbar ein: Die wirtschaftliche Seite des Problems ist geklärt, meine Dame, gab der Untersuchungsrichter ihr abschließend zu. Mal sehen, ob wir mit der politischen genausoviel Glück haben. Wir liefen in das jeweilige Gefängnis, um euch die gute Nachricht mitzuteilen. O Gott, wie hart waren jene Wintermorgen in Carabanchel! Jene schicksalsschweren Morgendämmerungen, das Zwielicht im großen grauen Vorhof, der staubige Nebel über Madrid, Hunderte wartender Besucher und der Wärter, der unsere Namen schrie: Nicolás, Ana, Alicia, Martín, Paula, Basilio ...! Nachnamen hatten wir keine. Das war unwürdig, aber deine Mutter kam sich nicht schikaniert vor: Na los, hört ihr nicht, das sind wir, lachte sie. Im Gänsemarsch marschierten wir zwischen zwei Reihen von Aufsehern durch, zwischen Eisenprügeln ... Dieser Geruch im Gefängnis ... Wir gingen hintereinander her wie Lämmer, einer hinter dem anderen, den Personalausweis in der Hand; deine Mutter lächelte, verbreitete Optimismus unter den Häftlingen, die nach und nach in den Käfigen des Korridors auftauchten, jedesmal magerer und matter waren. Und dein Schwager Basilio grüßte von der Mitte des Korridors aus alle überschwenglich. Und die Gefangenen antworteten ihm: Guten Tag, Basilio. Wie geht's, Basilio? Und kleinlaut stellten die Polizisten und Wärter sich dumm, von Schuldgefühl in die Enge getrieben.

Trotz der Großtuerei deines Schwagers, der vertrauten Stimmen der Häftlinge, der Demoralisierung ihrer Aufseher, bedrückte mich jene Umgebung. Ich blieb reglos, gehemmt, stumm. Ich fand kein Wort des Trostes. Sie hingegen ging mit einem Zettel in der Hand auf dich zu. Ein Leitfaden, um die Zeit auszunutzen. Sie erzählte dir der Reihe nach von der Kleinen – ihren Mahlzeiten, ihrem Tagesplan, ihrem nächsten Besuch; dann von ihren Gesprächen mit dem Richter, mit euren Freunden, mit den Studienkollegen ... Die letzten Minuten verwendete sie immer auf Albereien, während die Aufseher durch die Gitterstäbe Wache hielten, gelangweilt, ein wenig eingeschüchtert. Manchmal gingen wir nach den Besuchen zu Primo, Primitivo Lasquetti, und unterbrachen seine morgendliche Arbeit. Sie werden ihnen einige Jahre aufbrummen, prophezeite er. Heutzutage kommen einem Lausbubenstreiche teuer zu stehen; Revolutionen macht man nicht mit Amateuren. Eigentlich suchten wir ihn nicht auf, um uns bei ihm Rat zu holen, aber wir ließen ihn reden, weil wir wußten, daß das so seine Art war; seine Eigenheiten kannten wir zur Genüge. Und wer ist denn nun verhaftet worden, die Hübsche? fragte er plötzlich. Deine Mutter fühlte sich gekränkt, reckte ihren schlanken Hals: Von meinen Töchtern ist keine häßlich. Hinter seiner Schreibmaschine hervor sah er sie über den Brillenrand aufmerksam an: Sie haben auch wirklich keinen Grund dazu. Er schlug die Augen nieder und fing wieder an zu tippen: Entschuldigt mich; ich muß das fertigschreiben, ehe der Motorradbote kommt, sagte er. Und in unserem Beisein schloß Primo seine Kritik ab, mit demselben Maß an Konzentration, als wäre er allein gewesen. Du kennst ihn ja. Er ist ein maßloser Charakter. Jedesmal, wenn ich ihm gegenüber von Schaffenskrise spreche, lacht er lauthals los. An so etwas glaubt er nicht.

Gestern telefonierte deine Schwester mit mir und kündigte mir deinen Besuch an. Sie sagte mir, du sehest gut aus, vielleicht ein bißchen blaß; das Gefängnis ist ja auch nicht der richtige Ort, um braun zu werden. Und genau betrachtet, hätte es schlimmer kommen können. Es ist zwar abzusehen, wie solche Dinge sich verwickeln, aber wie sie ausgehen, läßt sich unmöglich vorhersagen. Erinnere dich nur, wie aufgelöst du in den ersten Tagen warst: Leo werden die Haare ausfallen, sagtest du. Weißt du noch? Auch die Leute aus der Calle San Julio waren nicht optimistisch: Sie sind zu sehr belastet; das Organisieren der Front, das Kopiergerät im Chalet, die Kisten mit Flugblättern … Unter sechs Jahren ist nichts drin! Mein Gott, sechs Jahre! In jene düsteren Versammlungen brachte sie als einzige ein wenig Hoffnung hinein. Dieser Mann wird nicht ewig leben, sagte sie, wie ich mich erinnere, beim erstenmal. Sie sagte es gelassen, ohne Erbitterung. Sie sagte nur: *dieser Mann.* Sie entrüstete sich nicht, stieß ihn jedoch, indem sie ihn seiner Titel beraubte, unbewußt vom Sockel, riß ihm die Orden von der Brust, entblößte ihn. Und traf zudem den Nagel auf den Kopf. Dieser Mann lebte nicht ewig. Als wir noch in der Calle San Julio über die Dauer eurer Haftstrafen spekulierten, war er sogar schon todkrank. Ihr eigenes Schicksal hingegen sah deine Mutter nicht vorher. Sie fühlte sich stark, bei guter Gesundheit, und wußte, daß sie gebraucht wurde. Alicia und Mar sagen, sie hätten sie schon damals dünn gefunden. Aber war deine Mutter jemals dick? Sie haßte die Fetten, das weißt du ja. Sie stießen sie ab. Das gehörte zu ihrem Schönheitskult. Sie ließ sich auf alles ein, nur um kein Kilo zuzunehmen. Ihre Figur war so harmonisch! Wie konnte sie sie halten, obwohl sie so viele Kinder großzog? Sie behauptete, daß die Größe der Brust nichts mit ihrer Fruchtbarkeit zu tun habe, und sie hatte offenbar mehr als recht. Die Mutterschaft entstellte sie nie. Ihr Bauch schwoll an, und vielleicht ein kleines bißchen auch die Brust, aber bei weiter Kleidung war ihre Schwangerschaft kaum zu bemerken. Als sie Pablo, den größten von allen, austrug, rief man ihr eines Tages auf der Straße Komplimente nach – einen Monat vor der Geburt.

Bestürzt kam sie nach Hause: Man hat mir einen grausamen Streich gespielt. Wie kann ich in so einem Zustand attraktiv sein? sagte sie. Aber sie war es: Sie war attraktiv. Bei ihr war die Schwangerschaft einfach ein Bauch, sie wirkte sich in keiner Weise auf den Rest des Körpers aus. Innerhalb von neun Monaten nahm sie sieben Kilo zu, aber eine Stunde nach der Geburt wog sie genausoviel wie an dem Tag, als sie schwanger geworden war. Sie war stolz auf ihren Bauch, auf ihr Benehmen. Klaglos nahm sie Kind für Kind in sich auf; sie wurde nicht schlaff und nicht runzlig. Nach der Entbindung kehrte ihre normale Faltenlosigkeit zurück, leicht flach zwischen den Hüftknochen, straff, abgesehen vom Nabel. Nie ließ ihre Figur wegen eines Kindes nach. Falten, Zellulitis, Runzeln: nichts, womit sie sich herumschlagen mußte. So wurde sie achtundvierzig Jahre alt, so zierlich und attraktiv wie einst, als ich sie mit sechzehn im Park kennenlernte.

Ich überhörte die Warnungen von Alicia und Mar. Natürlich war sie dünn, aber wann war sie das nicht gewesen? Alicia sollte ein paar Monate später heiraten, und ich erinnere mich an die damalige Umtriebigkeit deiner Mutter; sie überließ nichts dem Zufall, stand nicht still. Deine Schwester sagte manchmal: Es gibt Tage, da komme ich nicht mehr mit. Schüchtern regte ich an, die Hochzeit zu verschieben, bis eure Sache entschieden sei, wenigstens bis das Urteil gesprochen sei, aber sie war dagegen: Keiner hat das Recht, über das Leben eines anderen zu bestimmen. Trotzdem füllte in jenen Monaten die Kleine ihr Leben aus. Nie hatte ich mir vorgestellt, daß das erste Lebensjahr eines Säuglings sich nach so feinen Regeln zu richten habe. Für mich bestand das erste Lebensjahr eines Menschen aus drei entscheidenden Momenten: dem ersten Lallen, dem ersten Zahn und den ersten Schritten. Darin, daß man anfing zu reden, zu essen und zu gehen. Sonst war nichts zu lernen. Nach meinem Verständnis konnte ein gesundes Kind keine anderen Neuigkeiten als diese liefern. Doch an der Seite deiner Mutter lernte ich, daß der Entwicklungsprozeß eines Kindes voller Nuancen steckt. Welche Genauigkeit, welche Feinheit! Ich erinnere mich an die Briefe, die sie dir über ihre Entdeckungen ins Gefängnis schrieb: »Die Kleine folgt mit den Augen meinem Finger«, »die Kleine streckt die Arme aus, sobald ich mich der Wiege nähere«, »heute lächelte sie zum erstenmal über einen unbelebten Gegenstand, ein Plüschhündchen.« Soviel Unvorstellbares! Im Gleichklang mit ihrer Entwicklung befand sich ihre Garderobe: ihre Pullover, ihre Röcke, ihre Hauben, ihre Schühchen. Jedesmal, wenn sie dir die Kleine ins Gefängnis brachte, zog sie ihr etwas anderes an. Beim nächsten Besuch spracht ihr dann darüber, was ihr gut stand und was nicht.

Ich erinnere mich, daß sie eines Tages beschloß, ihr das Röckchen auszuziehen, und sie dir mit nackten Beinchen brachte. Ich maß dieser Neuerung keine größere Bedeutung bei, aber am folgenden Montag fiel deine Begrüßung lautstark aus: Geplapper, Gelächter, Gealber; ihr habt gar nicht aufgehört zu reden; ja ihr habt sogar Vermutungen angestellt, wie die Beine des Mädchens einmal aussehen würden! Niemals, glaube ich, hat ein so kleiner Mensch unter den Erwachsenen so große Aufregung verursacht.

Nichts davon hinderte deine Mutter daran, ihren Pflichten als Sekretärin nachzukommen. Sie kannte meine Termine, meine Wünsche und Launen; sie folgte meinem Leben so pünktlich, daß sie kaum einmal Rücksprache mit mir hielt, bevor sie einen Brief beantwortete. Sie schuf mir freie Bahn, damit ich unbesorgt arbeiten konnte: Deine Aufgabe ist das Malen, pflegte sie mir zu sagen. Über Preise, Ehrungen und das Urteil der Kritiker hinaus war ihr Glaube mein Antrieb. Und als die Akademie dafür stimmte, mich in ihren Kreis aufzunehmen, strahlte deine Mutter. Sie sagte: Jeden Morgen beim Aufwachen frage ich mich: Warum muß ich zufrieden sein? Und sie gab sich selber die Antwort darauf: Ach ja, die Akademie! Meine Rede, das Thema und seine Ausführung beschäftigten sie. Sie kümmerte sich um den Zuschnitt des Fracks, das Hemd, die Schuhe. In jedem Falle wußte sie, was mir recht war; und das tat sie dann auch. Sie setzte sich mit den Händlern, den Galerien direkt in Verbindung. Für sie war ein Gemälde eine eigene Welt, und folglich brauchte jedes einen bestimmten Platz, ein bestimmtes Licht, eine bestimmte Höhe. Darum war es eine Wissenschaft für sich, eine Ausstellung für mich zu organisieren. Aber sie ließ sich nicht einschüchtern. Sie genoß die Schwierigkeiten, und ich habe den Verdacht, außer ihren Jugendphantasien hatte sie keinen anderen Ehrgeiz. Sie habe mehr als genug Talent gehabt, um sich einer persönlicheren Tätigkeit zu widmen? Daran zweifle ich nicht, und ich kann dir versichern, daß ich sie nicht dazu gezwungen habe, darauf zu verzichten. Wir hatten eine Art stillschweigende Übereinkunft, die anfangs mit einigen Unsicherheiten behaftet war, nach der Medaille des Herbstsalons aber endgültig Bestand hatte. Dieser Preis veränderte unser Leben. Er brachte eine Aufbruchsstimmung und eine Horizonterweiterung mit sich, in deren Folge wir uns stärker um meine Arbeit, unsere Kinder und unser Einkommen sorgten. Sie übernahm diese Aufgabe spontan, ohne daß jemand sie ihr aufgetragen hätte. Und so, wie ich sie nicht darum bat, für unsere Angelegenheiten Sorge zu tragen, betrachte ich es auch nicht als chauvinistisch, daß ich mit ihrem Tun einverstanden war. Wir hatten ein Unternehmen zu zweit, der eine produzierte und der andere verwaltete. Das ist doch normal, oder? Sie fühlte sich deswegen nie zurückgesetzt. Sie war im Gegenteil geschickt genug, ohne vorhergehende Entmachtung die Führung zu übernehmen. Sie verzichtete auf den Anschein von Autorität, verstand aber, welche auszuüben. Es mochte sein, daß ich manchmal etwas lauter wurde als gewöhnlich, aber sie war diejenige, die in jedem Falle endgültig entschied, was zu tun oder zu lassen war. Bei jedem Paar gibt es einen aktiven und einen passiven Teil; einen, der handelt, und einen, der sich fügt. Auch wenn es nicht so scheint, beugte ich mich ihrem gesunden Urteilsvermögen, erkannte ich ihre Autorität an. Ihren Freundinnen riet sie, frontale Auseinandersetzungen zu meiden: ein weiser Rat. Der äußere Aspekt des Machtkampfes in den ersten Ehemonaten kam ihr grotesk vor, um nicht zu sagen wie von schlechtem Geschmack. Sie war der Auffassung, der Mann habe die Fassade zu wahren und darauf zu verzichten, den Ton anzugeben; aber sie wußte auch, daß manchen Frauen wichtiger als die Autorität selbst das Vergnügen war, laut darüber zu reden, das heißt, daß sie die Macht nur mit einem gewissen Groll annahmen. Sie war natürlich aus anderem Holz. Zwar waren die Rollen zwischen uns nicht ausdrücklich verteilt, aber es gab auch keine Reibereien; wir handelten im Einklang mit den Umständen. Ob ich einverstanden gewesen wäre, die zweite Geige zu spielen, die Rollen zu tauschen, sie oben und ich unten, sie im Rampenlicht und ich dahinter im Schatten? Diese Frage habe ich mir nie gestellt; deine Mutter war so in ihre Probleme vertieft, daß ihre erste Sorge, als ihre Krankheit offenkundig wurde, ihren Kindern galt, dem, was aus euch werden würde, sobald sie nicht mehr wäre. Alicia gestand sie eines Tages: Ich bin so dumm, daß ich inzwischen glaube, ich sei diejenige, die das Geld verdient.

Aber das Geld war in unserem Leben nicht alles. Andere Dinge gingen vor: die Familie, Pläne, Freunde. Das war ihr Element. Evelio Estefanía ließ mich wissen, daß er bei seiner Begrüßungsrede in der Akademie auf diese Eigenschaft von ihr anspielen wolle; aber das mußte er ändern. Sie war in der Zwischenzeit gestorben. Daraufhin sagte er jene große Wahrheit, sie habe einem allein durch ihr Dasein die Schwere des Lebens erleichtert. Kann man etwas Schöneres über jemanden sagen?

An dem Tag, als du sie um einige Unterlagen gebeten hast, um deinen Vertrag in der Universität zu verlängern, beeilte sie sich, sie dir ins Gefängnis zu bringen, aber die Wächter weigerten sich, sie anzunehmen: Ein Häftling habe nichts zu unterschreiben außer sein Geständnis. Warum geht Ihre Tochter, anstatt sich Scherereien einzuhandeln, nicht lieber auf die Gran Vía und wackelt mit dem Arsch? sagten sie zu ihr. Diese Grobheit demütigte sie unsäglich. Nach Verlassen des Gefängnisses stellte sie sich in einen Hauseingang, um sich von ganzem Herzen auszuweinen. Aber unter Tränen beschloß sie noch dort, sich der Brutalität nicht unterzuordnen, und kaum war sie nach Hause gekommen, unterschrieb sie, deine Unterschrift nachahmend, die Unterlagen selbst und gab sie persönlich bei der Universität ab. Nicht einmal der anspruchsvollste Graphologe hätte die Fälschung erkannt. Deine Mutter lächelte belustigt. Gewissensbisse hatte sie keine. Vergewaltigen, töten, rauben, das waren Verbrechen; die Unterschrift von Dokumenten zu fälschen war für sie nur bloßer Zeitvertreib.

Angesichts meiner Furcht, daß sie euch foltern könnten, suchte sie abermals den Staatsanwalt Alonso Cano auf. Cano war als Student in sie verliebt gewesen und sprach mit ausgesuchtem Dünkel mit ihr: Es kann doch nicht wahr sein, daß eine Frau wie du diese Lügenmärchen von der schlechten Behandlung glaubt, sagte er zu ihr. Die Studenten fügen sich selbst Verletzungen zu, um die Polizei in Verruf zu bringen. Mehr als um dich fürchtete deine Mutter um Leo; er war stärker belastet. Alonso Cano verblüffte sie: Möchtest du ihm einen Besuch abstatten, um dich davon zu überzeugen, daß ich dir nichts vormache? Ja freilich möchte ich das, antwortete sie ihm. Und so gingen wir eines Nachmittags hin, zur Polizeiwache, ein düsteres Büro voller Staub und Akten. Und nach ein paar Minuten des Wartens trat Leo herein, in Handschellen, aschfahl, und wir unterhielten uns auf Kisten sitzend, unter Aufsicht eines groben Polizisten. Mir war übel, aber ehe wir wieder gingen, fragte ich versteckt, ob sie ihn mißhandelt hätten. Das verneinte er, und ich beruhigte mich. Sie hatten euch vier Tage zuvor festgenommen, und ich dachte, der kritischste Augenblick sei schon vorüber. Aber sei es, daß sie es so geplant hatten, sei es, daß unser Besuch jene Typen erboste, fest steht, daß sie ihn noch in derselben Nacht prügelten, bis er das Bewußtsein verlor. Von der Folter erfuhren wir durch Nicolás und die Leute aus der Calle San Julio. Deine Mutter schrieb einen Brief an Alonso Cano, erhielt aber nie eine Antwort. Automatisch wurde er als unanständig abgelegt. Sie beurteilte die Menschen erst einmal danach, ob sie anständig oder unanständig waren, aber in die Kategorie *unanständig* zu fallen, hieß nur, daß man ihr Vertrauen verloren hatte. Weiter ging es nicht, sie konnte nicht nachtragend sein; und schon gar nicht auf Lebenszeit. Das langweilte sie. In den ersten Monaten unserer Ehe band sie sich jedesmal, wenn wir uns stritten, einen Faden an den kleinen Finger, um sich daran zu erinnern, daß wir verkracht waren. Dann vergaß sie es; sie vergaß sogar den Grund, aus dem sie sich den Faden umgebunden hatte. Sie war sehr vergeßlich. Auf unseren Reisen vergaß sie in den Hotelzimmern oft Gegenstände des persönlichen Gebrauchs: Pullover, Blusen, einen Kamm; selten etwas von den Dingen, die sie gerade erst gekauft hatte. Diese steckte sie nicht in die Koffer, sondern legte sie als Handgepäck auf den Rücksitz und manchmal auf ihren Schoß, um sie zu betrachten. Sie verfiel angesichts des Neuen und Schönen in eine Art kindliches Staunen, das an Fetischismus grenzte.

Den leichten Unannehmlichkeiten, die ihr schlechtes Gedächtnis ihr bereitete, maß sie keine Bedeutung bei. Manchmal ging sie ohne Geld aus dem Haus, und wenn sie es dann merkte, nachdem sie bereits in den Bus gestiegen war, schlug sie dem Schaffner vor, den Fahrschein mit einem Scheck zu bezahlen. Der Mann war natürlich überrascht. Ein Scheck über fünfzig Centimos? Mit einer gewissen Logik fügte sie hinzu: Es sei denn, eine Briefmarke ist Ihnen lieber; ich habe den Geldbeutel vergessen. Der Schaffner, der immer verdutzter wurde, wies daraufhin, daß das Unternehmen keine Briefmarken annehme und sie aussteigen müsse. Da appellierte deine Mutter an die Solidarität der Fahrgäste: Wäre vielleicht jemand so freundlich, sagte sie, mir fünfzig Centimos für den Bus zu leihen? Und auf einmal stellte sich die kollektive Faszination ein, jener Drang, ihr zu folgen, den ihr Dasein weckte. Zwanzig Hände mit zwanzig Münzen streckten sich ihr eilfertig und großzügig entgegen. Und sie nahm eine, bedankte sich und gab sie dem Schaffner, der, ein wenig eingeschüchtert von so einmütiger Anteilnahme, stotterte: Entschuldigen Sie, meine Dame, aber die Vorschriften des Unternehmens sind die Vorschriften des Unternehmens. Ich kann gar nicht anders.

Am Abend vor ihrer Operation gestand sie mir im Krankenhauszimmer, sie habe nur gegenüber einem einzigen Menschen auf der Welt Abneigung empfunden: Don Federico Corral, dem Hausverwalter. Zu ihren Streitigkeiten mit Don Federico kam es Jahr für Jahr wegen kleiner Änderungen an unserer Wohnung. Sie zeigte sich überrascht von einem ablehnenden Bescheid, weil die Arbeiten nur zum Nutzen des Hauses ausfielen, während Don Federico anführte, das Vorhaben verändere die Bauweise. Die Wohnungen zu renovieren, in denen sie lebte, war bei deiner Mutter eine echte Sucht, wie es bei anderen vielleicht Drogen oder Alkohol sind. Ohne das konnte sie nicht leben. Noch beim herrlichsten und am besten gebauten Haus mußte man sich darauf gefaßt machen, daß es verschönert wurde. Manchmal war die Neugestaltung so willkürlich, so an den Haaren herbeigezogen, daß sie sie nicht einmal vor sich selbst rechtfertigen konnte. Doch der Zwist ging immer gleich aus:

Der Verwalter gab unter der Bedingung nach, die Miete zu verdoppeln. Deine Mutter protestierte, empörte sich, tat eine Woche lang so, als habe sie von dem Vorhaben Abstand genommen, aber am Ende holte sie die Handwerker und ging frisch ans Werk. Ihr Rekord läßt sich wohl kaum überbieten: In den sieben Jahren, bis uns eine Eigentumswohnung gehörte, verdoppelten sie uns die Miete dreimal. Als Leo und du im Gefängnis wart, lebte sie ihre Schwäche für Architektur an diesem alten Haus aus. Sie kam mindestens einmal die Woche hierher und brachte, wenn schönes Wetter war, die Kleine und einen Studenten mit, der auf sie aufpaßte. Ihre erste Tat bestand darin, Kalk und Gips abzukratzen, Stein und Holz freizulegen, damit die Innenräume edler wirkten. Mit der Leidenschaft eines Archäologen spürte sie Balken und Bögen auf: Klopfen Sie bitte mal hier, Teodoro, sagte sie zum Maurer. Nur selten ordnete sie einen überflüssigen Schlag an. Sie grub Quadersteine aus, Wölbsteine, Eichenstreben, wuchtige Türstürze aus Nußbaum … In den drei vorderen Zimmern kam beim Abklopfen die ursprüngliche Täfelung zum Vorschein, die sie liebevoll mit Leinöl reinigte und dabei besondere Sorgfalt auf die Stützstreben und die sie tragenden Kragsteine verwendete. Aber ihre ganze Begeisterung richtete sie auf die Küche, die du gerade gesehen hast. Sie war bezaubert von ihr.

Sogar in Yeserías, wo sie ihre Zeit normalerweise nicht mit Kleinigkeiten verlor, erzählte sie dir, glaube ich, einmal von der Küche. Die verflixte Küche wurde bei ihr zur fixen Idee. Um den Ofen herum, den sie nicht antastete, richtete sie fast alles wieder her: Decke, Fußboden und Wände; sogar die den Herd umgebenden ausgebrochenen Kacheln setzte sie wieder ein, nachdem sie einige Bruchstücke bei einer Töpferei in Puente in Auftrag gegeben hatte. Das war die gewaltigste Aufgabe.

Aber auch die Ecken mußten gestaltet werden, gemütlich gemacht werden, wie García Elvira immer sagte. Zu diesem Zweck kaufte sie in den umliegenden Weilern Pfannen, Kessel und andere Kupfergeräte. Nur selten griff sie auf Antiquariate zurück. Es machte ihr Freude, den alten Plunder selber zu entdecken. In Caniseco gab es einen Trödler, der zu diesem Gerümpel Krimskrams sagte. Und wegen dieses Zeugs geriet deine Mutter sich mit den Ramschhändlern der Hauptstadt in die Haare, die ihr vorwarfen, *sie mache den Markt kaputt.* Aber wenn sie stritten, gelang es ihr, sie aus der Fassung zu bringen: Warum mißtrauen die Bauern Ihren Worten und nicht meinen? Warum benachrichtigen sie überall erst mich, ehe sie einem von Ihnen einen Fingerhut verkaufen? Da schwiegen sie. Sie schauten einander an und sagten keinen Pieps.

Die Ausschmückung des Hauses schritt sehr rasch voran. Außer dem Krimskrams fand deine Mutter eine weitere Dekorationsquelle in Veräußerungen des Bistums, Gemälde und Schnitzwerke, die nichts wert, aber plastisch und sentimental waren. Alle diese barocken Engelchen, Teile von Altarbildern, Säulenheiligen, Lithographien und Malereien kommen von dort. Doch das wirklich Heikle stand noch aus: das Haus im passenden Stil zu möblieren. In der Umgebung fand sie einige Nebensächlichkeiten: Handbecken mit Wasserkrügen, Nachttischchen, Lesepulte, Schemel … Aber das alles zusammen gab keine Masse her; in einem dreigeschossigen Haus fiel es nicht einmal auf. Dadurch, daß sie jedoch mit diesem und jenem redete, fand sie heraus, daß in Linaza, einem nahegelegenen Dorf, eine indianischstämmige gewisse Doña Africa im Sterben liege. Als sie sich mit den Erben in Verbindung setzte, hatten diese die Frau schon beerdigt und waren dabei, das Haus mit Möbeln aus Resopal, Preßspanplatten und anderen neumodischeren Materialien zu renovieren. Die arme Tante Africa, sagten sie, habe in der Steinzeit gelebt. Deine Mutter erkundigte sich nach dem Schicksal der Möbel. Einige würden zu den Ramschhändlern und die übrigen in die Öfen von San Juan wandern. Oder gefallen sie Ihnen vielleicht? Da schlug sie ihnen vor, für einen hohen Betrag den gesamten Bestand zu übernehmen, und daraufhin wurden sie handelseinig. Du wirst es nicht glauben, aber diese Eisenbetten mit vergoldeten Kugeln, ein weiteres Bett mit bemaltem Kopf- und Fußende, die Schiffskoje, in der du schlafen wirst, ein drei Meter langer Eichentisch aus einem Stück, die dazu passenden Stühle, zwei verglaste Bücherschränke, eine Nußbaumkommode, ein Kanapee, diese Bullaugenuhr, die Konsole und das übrige Mobiliar wurden von den Leuten in der Übereinkunft auf zweihundertfünfzigtausend Peseten taxiert, und das auch noch in der Überzeugung, sie übers Ohr gehauen zu haben.

Sie genoß diese Erwerbungen sehr. Sie sah weiter als Normalsterbliche. Sie hatte einen zum Schauen ausgebildeten Blick; sie kam mit dieser selektiven Wahrnehmung auf die Welt. Das Atelier, in dem wir uns befinden und dessen Vorhandensein von draußen nicht spürbar ist, war ihre Idee. Die Verkleidung aus Wacholderholz, das Zwischengeschoß mit den Staffeleien, die getäfelte Zimmerdecke und das von der Straße aus nicht einzusehende Oberlicht waren ihr Werk. Mich rührte ihr Vertrauen in meine Fähigkeiten. Sie dachte: Wenn ich schon, *als ich irgendwo gemalt hatte,* Hervorragendes geleistet hatte, dann könnte ich ein Genie werden, sobald ich es in angemessener Umgebung täte. Sie nahm die Sache mit zwei grundlegenden Zielen in Angriff: Ungestörtheit und Licht. Um das erste zu erreichen, überzog sie das Dachfenster mit Kork und ließ in den Giebelfenstern und Dachluken doppelte Scheiben einsetzen. Das Licht war jedoch noch wichtiger. Ihrer Meinung nach kam alles, was in einem Künstler steckte, zum Erblühen, sobald er über Licht verfügte. Es galt jedoch, dieses Licht zu schaffen, ohne daß das Dachfenster von außen zu sehen war. Bequemlichkeit war für den Künstler wesentlich, aber noch wichtiger war es, die Struktur des Hauses zu erhalten. Da kam sie auf diese Laterne, damit die Helligkeit durch die verdeckten Dachschrägen das Atelier überflutete, ohne daß dieses von außen einzusehen war. Eine echte architektonische Glanzleistung.

Sie steckte in diese Arbeit ihre ganze Phantasie und erreichte, was sie sich vorgenommen hatte: ein weißes Licht ohne Schatten, als würde ich unter Stadionscheinwerfern arbeiten; und große Stille. Ich verfügte über alles Licht der Welt und über Friedhofsstille, so daß, wenn ich in Zukunft nicht *Las Meninas* malte, meine Schaffenskraft in Verruf stehen würde. Eine unerträgliche Herausforderung. Manchmal glaube ich, es war dieser Umstand, der mich letzten Sommer lähmte, als ich das Atelier einweihte. Sie hatte angefangen, Schmerzen in der Schulter zu spüren, die Kleine war in jenen Tagen, ich weiß nicht, warum, außer Gefecht, dein Bruder Gus an Hepatitis erkrankt, ihr im Gefängnis ... Es gab Dinge, die bei uns nicht liefen, die mich veränderten, aber der wahre Grund meiner Ohnmacht wurzelte darin, daß es mir zu gut ging, daß ich wußte: Wenn ich nichts Einzigartiges male, obwohl ich über ein höchst komfortables Atelier verfüge, dann liegt es an mangelnder Begabung. Ich hatte alles; deine Mutter bot sich mir sogar als Modell an, obwohl sie wußte, daß diese Mithilfe zwecklos war; ich würde wie üblich auf dem Sofa enden. Aber je mehr Annehmlichkeiten mir zur Verfügung standen, um so größer wurde meine Unfähigkeit. In Zeiten von Schaffenskrisen habe ich nie versucht, mich zu wehren. Ich stehe sie für gewöhnlich geduldig durch, nehme mir alte Gemälde wieder vor, tue so als ob, während ich auf den schöpferischen Atem warte; genauso wie gerade jetzt. Letzten Sommer jedoch kam mir die Gelassenheit abhanden. Ich kann mich nicht daran erinnern, ohne rot zu werden. Ich gab ihr die Schuld, war ungerecht und griesgrämig, aber du kennst mich ja: Anstatt mein Unvermögen anzunehmen, sagte ich ihr, es sei unmöglich, in reiner Asepsis zu arbeiten, jene Grabesstille lähme mich, ich brauche menschliche Wärme, Kindergeschrei, Zänkereien, um etwas zu schaffen; um Leben zu malen, sei Leben nötig, und ihre ganze Theorie über die *splendid isolation* sei ein Irrtum gewesen. Sie verzog kaum die Miene. Mein Gestrampel war so kindisch, daß es keine Antwort verdiente. Aber ihre Gleichgültigkeit schlug auf mich zurück: Sie bewirkte, daß ich mir klein und wie ein Wrack vorkam; daß ich mich in meiner Haut nicht wohl fühlte. Das passierte mir normalerweise oft; es war eine Art Buße. Die Eitelkeit hinderte mich daran, mich zu entschuldigen. Sobald ich jedoch diesmal bemerkte, daß sie sich einen weißen Faden um den kleinen Finger der linken Hand gebunden hatte, schnürte es mir die Kehle zusammen, ich nahm sie bei der Hand und bat sie um Verzeihung.

Trotzdem bedauere ich jetzt im Rückblick meine Kleinlichkeit. So geht es einem für gewöhnlich mit den Toten: Man beklagt, daß man ihnen nicht rechtzeitig gesagt hat, wie sehr man sie liebte, wie notwendig sie einem waren. Wenn ein unentbehrlicher Mensch von deiner Seite geht, richtest du den Blick nach innen und findest nur noch Banalität, denn verglichen mit den Toten sind wir Lebenden unerträglich banal. In die eigene Aufgabe versunken, glaubt man, vor allem als Künstler, die übrigen schuldeten einem Hochachtung, plustert man sich zum Nabel der Welt auf und achtet den Beitrag anderer gering. Aber eines Tages merkst du, daß derjenige, der dir geholfen hat zu werden, was du bist, von deiner Seite gegangen ist, und da bereust du deine Undankbarkeit vergebens. Vielleicht kann es gar nicht anders sein, aber es ist nur schwer auszuhalten. Die Unmöglichkeit, sich die Vergangenheit noch einmal vorzunehmen und sie zurechtzurücken, ist eine der grausamsten Schranken des menschlichen Daseins. Das Leben wäre leichter zu erdulden, wenn wir eine zweite Gelegenheit bekommen könnten.

Während des Semesters, das wir in Washington bei den Tuckers verbrachten, aß ich wenig und nahm ab. Auf das amerikanische Essen und den Tagesablauf dort konnte ich mich nicht einstellen, und deine Mutter, die meine Ängstlichkeit kannte, versetzte mir von Zeit zu Zeit den Kragenknopf an meinem Hemd, damit ich es nicht merkte. Es wird dir komisch vorkommen, aber im Krankenhaus konnte ich mir diese Erinnerung nicht aus dem Kopf schlagen. Warum hatte ich dieses Detail zuvor nicht für wert gehalten? Wenn Dinge dieser Art geschehen, dann mißt du ihnen keine Bedeutung bei, hältst du sie für normal. Die Erkenntlichkeit gegenüber den Nächsten kommt dir sogar noch lächerlich vor. Aber eines Tages stirbt sie, und es wird unmöglich, ihr dafür zu danken, daß sie dir den Hemdenknopf versetzt hat, und plötzlich kommt ihre Aufmerksamkeit dir nicht mehr überflüssig vor, sondern wird wichtig. Du hast im Leben einiges erreicht, aber am Wesentlichen bist du gescheitert, das heißt, du hast versagt. Dieser Gedanke bedrückt dich, und da suchst du schleunigst nach Abhilfe, um der Zukunft in Würde die Stirn bieten zu können.

Es gibt noch etwas, das ich bis vor ein paar Monaten als Spiel betrachtete, das aber, so merke ich jetzt, kein Spiel war. An manchen Nachmittagen sah sie mich nach dem Essen eine Zeitlang an und fragte mich dann: Würdest du wieder heiraten, wenn ich stürbe? Ich ließ mir die Frage durch mein schläfriges Hirn gehen und erwiderte teilnahmslos: Bestimmt nicht, fügte aber ein wenig beunruhigt hinzu: Mit solchen Dingen dürfen wir nicht spielen. Sie schüttelte ihren kleinen Kopf: Es ist kein Spiel. Ich weiß, daß ich vor dir sterben werde. Der Anfang dessen, was sie sagte, war grau, ein wenig melodramatisch. Ich schwieg, aber ihre Worte hinterließen in meinem Herzen eine aschfahle Spur. Das eigentliche Spiel begann später: die Bewertung der Kandidatinnen. Luisa Aranda würde es dir schon richten. Vielleicht, aber wer geht denn mit Luisa Aranda ins Bett? Deine Mutter lachte: Maite Noriega würde das viel besser machen. Du glaubst, daß sie sich mit mir anfreunden könnte? Sie lachte wieder: Das müßte man sehen. Du bist als Liebhaber zwar ganz annehmbar, aber nicht gerade umwerfend. Die Namen der Kandidatinnen zogen nacheinander vorbei, und was die eine zuviel hatte, hatte die andere zuwenig. Gibt es denn keine, die die Tugenden aller vereinigt? fragte ich. Das boshafte Funkeln ihrer Augen verstärkte sich: Das ist nicht einfach. Da dachte ich, sie habe die Unterhaltung angefangen, damit ich sie lobte und sagte zu ihr: Du bist ein Wunder; es ist unwahrscheinlich, daß es so etwas noch einmal gibt. Es schmeichelte ihr zu wissen, daß ein Ersatz schwer zu finden war, aber sie fügte hinzu: Du mußt daran denken; du könntest ohne eine Frau an deiner Seite nicht leben. Bezog sie sich dabei auf das Körperliche oder das Geistige? In ihrer Stimme steckte eine verhüllte Aufforderung. Sie versuchte, mich zu verführen. Das tat sie immer, und immer mit äußerstem Feinsinn. Es war unausweichlich der Abschluß des Spieles.

Aber im letzten Sommer bemerkte ich, kaum hatten sich die ersten Symptome gezeigt, zwei Dinge: Sie begann während des Spieles eine gewisse Ungeduld an den Tag zu legen, und das Spiel hatte keinen Abschluß mehr (jetzt ging es darum, eine dringende Angelegenheit zu erledigen). Irene, die Älteste von den Villenas, würde eine gute Gefährtin abgeben, sagte sie eines Nachmittags zu mir. Ich nahm sie auf die Schippe: Mir ist die zweitälteste lieber. Aber die ist doch verheiratet! Halte das bloß nicht für ein unüberwindliches Hindernis. Als sie bei mir nicht rundweg auf Ablehnung stieß, wurde sie lebhafter. Im Laufe des Sommers stellte sie die Frage oft, ohne daß wir zu einem Einverständnis gekommen wären. Gus, der Hepatitis hatte, pflegte unsere Gespräche durch sein Gerufe zu unterbrechen. Es störte ihn, daß wir Gesunden ruhig im Salon plauderten, während die Kranken im Bett verkümmerten. Er schimpfte, zeterte, und sie stand auf, um nach ihm zu sehen. In einem Haus mit so vielen Leuten ist es schwierig, eine private Unterhaltung zu führen. Gustavo, du kennst ihn ja, war immer ein schwieriger Patient. Das Ruhen wurde ihm zu lang, und um es ihm erträglicher zu machen, fuhr ihn deine Mutter im Auto spazieren, und brachte ihm, obwohl er noch ein Kind war, auf den Feldwegen der Einöde das Fahren bei. Beim Ein- und Auskuppeln, Rückwärtsfahren und Lenken tobte er sich aus. Gus ist ein originelles, eigenartiges Kind. Schon als er ein Jahr alt war, wollte er nicht zulassen, daß man seiner Gesundheit zuliebe seinem Körper Gewalt antat. Daß ihm ein Backenzahn ausgebohrt wurde oder er eine Spritze bekam, erschien ihm wie ein brutaler Übergriff, den hinzunehmen ein zivilisiertes Wesen keinen Grund hatte. Bei der Hepatitis widersetzte er sich den zur Bestimmung des Krankheitsverlaufes nötigen Blutabnahmen, aber deine Mutter, die erst einmal zwei Bücher über die Beherrschung des Geistes gelesen hatte, überzeugte ihn schließlich davon, daß er in die regelmäßige Überprüfung der Transaminasen einwilligte.

Dieses geduldige Verhalten gegenüber Kranken nahm den Alten gegenüber mustergültige Formen an. Im Umgang mit ihnen spielte sie nie die Milde. Primitivo Lasquetti brachte ihre Selbstlosigkeit verächtlich auf die einfache Formel: Ana, sagte er immer, belustigen die Alten. Aber wie konnte man ihr Verhalten als einfache Belustigung deuten? Du hast die López Manriques nie kennengelernt, zwei pittoreske Alte, er krank, sie vierundachtzig und mit kaputter Hüfte. Lázaro López Manrique war bekanntermaßen ein Pechvogel. Als er kurz nach seiner Hochzeit die Fußballmannschaft, deren Manager er war, nach Orihuela begleitete, schlug ihm die Rakete, die die Feierlichkeiten ankündigte, ein Auge aus; sie machte ihn auf einem Auge blind. Um den Unglücksraben López Manrique rankte sich eine Unzahl von Anekdoten, manche stimmten, andere nicht. Unbestritten war diese Geschichte mit der Rakete, denn nach der berühmten Reise fehlte ihm das linke Auge, das er sich später aus Glas ersetzen ließ (ein aufdringliches und lästiges Auge). Mich als berufenem Schwarzseher beunruhigten ihre Besuche bei den López Manriques, ich mahnte sie zu Vorsicht, sie solle es kurz machen, aber sie hörte nicht auf mich: Sie begleitete sie zum Arzt, sie versorgte sie, damit sie überleben konnten, sie leistete ihnen Gesellschaft, und einen Nachmittag pro Woche verbrachte sie damit, mit ihnen Karten zu spielen. An dem Tag, als Lázaro aus dem Leben schied, stürzte, während sie das Bestattungsunternehmen anrufen wollte, der Lüster im Salon herab und hätte sie im Vorübergehen fast erschlagen. Das war Lázaros letzter Scherz auf dieser Welt.

Ein weiterer ihrer Schützlinge war García Elvira, der Maler. Den kennst du ja. Er hatte in Frankreich Erfolg gehabt, malte unter der deutschen Besatzung jedoch den Marschall Pétain mit Lorbeerkranz, und die Franzosen verziehen ihm das nie. Er kehrte nach Spanien zurück, in seine Heimatstadt, verheiratet mit Michèle, einer eleganten Pariserin, die den Boulevard Saint-Germain ohne Gezeter gegen ein Häuschen in der spanischen Provinz eintauschte. Eine mutige Frau. Nie beklagte sie sich über ihre Entwurzelung oder das Temperament ihres Gatten. An ihren Blumentöpfen, dem Vorbeireiten der Kadetten zu Pferde und der Romantik der Provinz hatte sie genug. Deine Mutter und sie trafen sich häufig; sie verstanden sich gut. Aber eines Tages lag sie morgens tot im Bett. Ihr Herz war stehengeblieben. Als wir zu ihr nach Hause kamen, fanden wir einen wütenden García Elvira vor. Auf die Rückseite einiger Gemälde hatte sie Etiketten geklebt, auf denen stand: *En cas de mort, le donner a Ana.* Das war ein originelles Testament, das García Elvira nicht respektierte. Sie sei als Prinzessin geboren worden, wandte er ein. Er schenkte deiner Mutter zur Erinnerung eine französische Öllampe aus dem 18. Jahrhundert, verbrannte die Etiketten in der Küche und sagte, er fühle sich sehr allein, mit sechsundachtzig könne er sich nicht mehr versorgen, er brauche eine Frau, die sich um ihn kümmere. Deine Mutter empfahl ihm einige gemütliche Heime, aber er erwiderte, die Altenheime seien, ob gemütlich oder nicht, Sterbeheime, und wenn er von einer Frau spreche, die sich um ihn kümmern sollte, meine er damit, genauer gesagt, das Bett. Von da an begleitete deine Mutter ihn samstags zum Altentreff und stellte ihm mehr oder weniger ansehnliche Witwen vor, die ihn jedoch nie zufriedenstellten: Die da ist ganz fett. Um Himmels willen, Ana, die ist ja ein Kakadu! Wer mir eigentlich gefällt, das bist du. Warum lassen wir deinen Mann nicht hier sitzen, und du kommst mit mir nach Paris? Deine Mutter nickte: Laß mir ein bißchen Zeit, um es mir zu überlegen. In dieser Zeit malte er ihr das berühmte Bildnis mit dem roten Kleid, einer doppelreihigen Perlenkette und Handschuhen bis zu den Ellbogen. Das ärmellose Kleid mit dem Rundkragen entwarf er aus diesem Anlaß. Meine große Neugier darauf, wie er den Hintergrund des Gemäldes gestalten würde, wurde nicht enttäuscht: Er wich ihm aus, er wich dem Hintergrund aus; nur ein bläulich grauer, sehr dunkler Fleck im Kontrast zu dem an den Rändern abgemilderten Rot des Kleides. Als César Varelli es sah, sagte er: Ein Kerl, der imstande ist, solche Grautöne zu erzielen, ist ein Maler. Sowie ich das hörte, packte mich eine absurde Eifersucht, eine nagende Pein, wie ich sie seit meiner Jugend nicht mehr erlebt hatte. Ich setzte deiner Mutter zu: Was hatte García Elvira zu ihr gesagt, während er sie malte? Hatte er sich vielleicht bei ihr eingeschmeichelt? Deine Mutter sah mich mit weitgeöffneten Augen an, verblüfft, sprachlos: Um Himmels willen, Nicolás, ich bin fast fünfzig. Aber für mich war sie nicht so alt. Ich sah sie auf dem Gemälde: schön, anmutig, unbefangen, die Perlen um den Hals, mit braunen, ganz sinnlichen Armen. Jetzt hab ich's, sagte sie plötzlich, du bist eifersüchtig auf das Gemälde. Und ich glaube, das traf zu; ich merkte es aber erst, als sie ihn eines Tages darum bat, weil sie es in Madrid ausstellen wollte. Es demütigte mich, daß sie sich nicht an mich gewandt hatte, aber zumindest hatte sie soviel Feingefühl, auf den Handzetteln nicht die Identität der Dargestellten preiszugeben. *Frau in Rot auf grauem Grund* schrieb sie schlicht, und es war der Erfolg der Ausstellung. In diesem Moment, ja, da war ich auf das Gemälde eifersüchtig, weil ich es nicht hatte malen können, weil ein anderer sie in all ihrer Pracht auf die Leinwand gebannt hatte. Der Meister war in seine Heimat zurückgekehrt, um meine Frau zu malen und mich auf diese Weise zu demütigen. Ich fühlte mich ihm gegenüber nichtig und ihr gegenüber mißmutig. Daß ein Fremder in mein Haus gekommen war und erreicht hatte, was ich nicht konnte, obwohl ich das Modell zur Hand hatte, setzte mich herab. Aber das zuzugeben widerstrebte mir: Eifersüchtig auf das Bild? Glaubst du vielleicht, das Bild ist gut? Sie gab ihre Meinung nicht preis, obwohl diese mich am meisten interessierte: César Varelli und Primo hat es gefallen, sagte sie. Das war der Gipfel; das Tüpfelchen auf dem i. Und damit bewirkte sie, daß ich mich innerlich verzehrte, ich weiß nicht, ob aus Neid, Eifersucht oder Schwäche.

Wie zu erwarten war, konnte der alte García Elvira sie nicht überleben. Er fand keine andere fromme Seele, die bereit gewesen wäre, sich seine zudringlichen Vertraulichkeiten über seine sexuellen Bedürfnisse im Alter von neunzig Jahren anzuhören. Als ich erfuhr, daß er krank war, bestellte ich einen Krankenwagen, und wir brachten ihn in die Klinik. Zusammen mit deiner Schwester Alicia wachte ich die ganze Nacht bei ihm. Er war gelb vom Ikterus, ein wenig aufgedunsen und starb am frühen Morgen, die Hand deiner Schwester zwischen seinen Händen; womöglich bildete er sich ein, deine Mutter sei diejenige, die über seinen Todeskampf wache. Er entschlief so sanft, daß mein Schrecken vor dem körperlichen Tod sich von da an relativierte.

An solchen verrückten, einsamen Alten fehlte es im Leben deiner Mutter nie: deine Großmutter, mein Vater, Tirso Urueña ... Alle waren sie unverbesserliche Alte, die der mangelnde Gemeinsinn des modernen Lebens unvorbereitet getroffen hatte. Sie fühlten sich in dem Strudel aus Lichtern und Geräuschen verloren, und es machte den Eindruck, als würde sie sie als gute Fee einen nach dem anderen bei der Hand nehmen, um sie ans andere Ufer zu bringen. Aber weit davon entfernt, menschlicher zu werden, wurden sie dadurch nur bösartiger; ihres Mitleides bewußt, nutzten sie sie aus, erfanden Schmerzen oder Bedürfnisse, um sie dazubehalten, zehrten sie nach und nach auf. Ich verhehle dir nicht, daß auch ich, ohne es zu merken, an dieser Menschenfresserei teilhatte. Eigentlich glaubten wir zu Hause alle, ein Recht auf sie zu haben, keiner verzichtete auf seinen Teil von ihr. Und außer Haus war es nicht anders. Sie kümmerte sich um alle, um die Alten mit ihren Kleinlichkeiten ebenso wie um die Jugendlichen mit ihren vertraulichen Zweideutigkeiten. Sie verschacherte ihre Hingabe nicht. Manchmal sah es so aus, als würden wir alle sie unter uns aufteilen. An manchen Abenden sah ich, wie sie auf dem Bett zusammensank, das Buch fallen ließ, das sie zu lesen angefangen hatte, und, ohne auch nur eine Seite umzublättern, mit dem Lichtschein über ihrem Kopf einschlief. Ich schlafe schon seit Jahren nicht mehr; ich verliere das Bewußtsein, sagte sie bisweilen scherzhaft zu mir.

Die Besuche im Gefängnis schienen ihr nichts auszumachen. Ich glaube: Wenn sie euch mit Freuden aufsuchte, dann lag das daran, daß sie euch nichts Besseres geben konnte. Was wäre aus euch geworden, wenn du, anstatt zwischen den Gitterstäben auf ihr offenes Lächeln zu treffen, auf eine pathetische Geste der Bitterkeit oder Mattigkeit gestoßen wärest? Und wie groß war dein Entzücken, wenn sie dir von der Kleinen erzählte, von ihrem Geplapper, ihren Streichen, den ersten wackligen Schritten! So werde ich mich immer an sie erinnern. Letztes Frühjahr beim ersten Strahl der Morgensonne im großen betonierten Innenhof von Carabanchel vor der Tür zur Haftanstalt zwischen Hunderten besorgten Familienangehörigen an der Spitze der Schlange, die sich auf jenen Rasenden zubewegte, der unsere Namen brüllte: Ana, Nicolás, Alicia, Martín, Pablo, Basilio … ! Das sind ja wir, stellte sie belustigt fest. Und einer nach dem anderen durchschritten wir das Gittertor, zeigten wir verstohlen unsere Personalausweise, angeführt von ihrem Lächeln, das alle Türen zu öffnen schien, und am Ende dein Schwager Basilio, ein gläubiger Mann, der von der Mitte des Raumes aus die Häftlinge grüßte, allen einen guten Tag wünschte.

Das zermürbendste Problem war das Urteil. Es verstrichen Wochen, Monate, und keiner redete davon, über euch zu verhandeln. Die Zahl der Festgenommenen wurde jeden Tag größer. Der Gerichtshof kommt nicht zurecht damit, meinten die aus der Calle San Julio. Und tatsächlich: Die Gefängnisse waren überfüllt, aber von bedingter

Freilassung war nicht die Rede. Ich erinnere mich an den Fall von César Varelli: elf Monate eingesperrt, um am Ende für unschuldig erklärt zu werden. Wer verantwortete diese Ungerechtigkeit? Trotzdem fürchtete ich das Urteil. Nicolás und seine Freunde prophezeiten sehr harte Strafen. Ich war feige; mir war es lieber, die Zeit verging, es rührte sich nichts in dem Fall, er geriet in Vergessenheit. Ich hatte vor allem Bedenken, daß Leo etwas zustoßen könnte. Sie hingegen erhoffte sich nie etwas vom Gerichtsweg: Ana und Leo werden hocherhobenen Hauptes aus dem Gefängnis gehen, bei einer politischen Amnestie, sagte sie immer. Ihre Zuversicht, das Leben jenes Mannes werde nur noch von kurzer Dauer sein, wuchs Tag für Tag. Und wie als Reaktion auf ihre Voraussagen wurde er damals krank. Doch obwohl jener Mann nicht ewig war, schien er es; er erholte sich ein ums andere Mal, die Wissenschaft ließ ihn nicht sterben, kam seinen Rückfällen zuvor, beschwor sie herauf und schickte ihn dann zum Ausruhen ans Meer oder ins Gebirge. Es war noch nicht klar, daß seine damalige Krankheit die letzte sein sollte. Dennoch hatte sie recht, das siehst du ja, nicht ein Richter hat euch freigelassen, sondern die Regierung selbst mit allen guten Wünschen.

Wurde die Kleine in den Monaten, die sie bei uns verbrachte, einmal unangenehm, dann nur, wenn ihre Großmutter nicht da war. Das kam selten vor, denn vom ersten Augenblick an begriff deine Mutter, wie heikel die Umstände waren, in denen sie sich befand, und entschied mit einem ihrer raschen Entschlüsse, *sie nicht zu sehr zu verwöhnen, um sie nicht zu verziehen.* Aber obwohl sie eine relative Zurückhaltung vorspiegelte, merkte die Kleine doch, daß sie dort die Königin war. Deine Tochter hat Intuition und lächelt auf die gleiche Weise wie ihre Großmutter: mit angespannten, hochgezogenen Mundwinkeln, vorbehaltlos.

Als ich zum erstenmal abends allein nach Hause kam, sah die Kleine mich an, ohne zu weinen, wollte aber nicht ins Bett gehen. Sie lachte nicht, sie spielte nicht, wir konnten sie mit nichts ablenken, sie ging mir einfach überallhin nach und sah mich an. Sie spürte etwas, den ersten Todesfall in ihrem kurzen Leben. Alicia und Juan, die seit kurzem verheiratet waren, brachten sie in ihr Zimmer, aber da fing die Kleine zu weinen an. Sie schlief bei mir, unruhig, und ihr braunes Köpfchen lag unter dem blauen Lampenschirm genauso da wie ihr Kopf, wenn sie, vom Schlaf überwältigt, das Buch, das sie gerade las, fallen ließ und einschlief.

Es ist nicht leicht, dir eine ungefähre Vorstellung von deiner Mutter zu geben, von ihrem verborgenen Gesicht, der Facette, die ihr nicht kennengelernt habt. Dazu gehörten gewiß ihre Anziehungskraft, aber auch ihre Intuition, ihre bewundernswerte Fähigkeit, Atmosphäre zu schaffen. Jetzt erinnere ich mich an unsere Rundreise durch Amerika vor zehn Jahren: die Vorlesungen, die Plaudereien am Mittag in der Maisonne, die neoklassizistischen Gebäude, die weiten grünen Campus, die Empfänge mit den herausgeputzten Professoren. Velázquez, Goya, die Schule von Madrid waren wohl handfeste Themen, aber da hörten unsere Gemeinsamkeiten auch schon auf. Es fehlte ein Auftauer, jemand, der das Eis brach, der die unvermeidliche akademische Hölzernheit auflockerte. Sie bereitete dieser Steifheit ein Ende, aber frage mich nicht, wie. Sie tat es einfach. Und jene anfangs verkrampften Professoren hängten am Ende die Sakkos über die Stuhllehnen, und ihre Gattinnen klatschten feurig in die Hände. An der Universität Yale brachte sie es noch weiter. Sie schlug die Kastagnetten wie in Paris, und die Stimmung erreichte ihren Höhepunkt. Ich erinnere mich: Professor Curren, der Dekan, hatte sogar das Jackett abgelegt und fragte begeistert, wo sie das Kastagnettenschlagen gelernt habe. Sie brach in Lachen aus: Das ist doch gar kein richtiges Kastagnettenschlagen, Professor; das ist nur, sie zum Klingen bringen, sagte sie. Aber sie klingen doch gut, erwiderte er. Na, das ist so leicht wie *Die schöne blaue Donau* zu pfeifen.

Sie hielt nichts von ihrem Talent. Genauso war es mit Cocktailpartys: Sie hatte die richtige Technik dafür; aber auch die schätzte sie nicht. Für sie war es normal, fünfzigmal am Abend den Gesprächspartner zu wechseln. So einfach wie das Atmen. Sie ging jedesmal mit einer so besonderen Herzlichkeit auf Unbekannte zu, daß sich jeder in dem Glauben wiegte, von ihr auserwählt worden zu sein. Sie beherrschte jene so schwierige Kunst, einen Menschen stehen zu lassen und sich, ohne diesen zu demütigen, einem anderen zuzuwenden; im Handumdrehen begann und beendete sie Gespräche, voll Sportsgeist, ein Lächeln auf den Lippen, und beim Abschiednehmen rühmten alle ihre Freundlichkeit. Ich beneidete sie um ihre Anpassungsfähigkeit und versuchte ihr sogar nachzueifern, aber ihre Gabe ließ sich nicht übertragen. Die Technik des Small talk war für mich unerreichbar. Ich erwies mich als tollpatschig, brachte eine ungeduldige Herablassung ins Spiel, die zu übereilt war, um aufrichtig zu wirken. Und so war es nicht selten, daß ich am Ende der Party noch beim Erstbesten hing, der bei meiner Ankunft über mich hergefallen war, meistens der lästigste Mensch der ganzen Runde. Meine Fluchtversuche glückten nur selten, und wenn es mir gelegentlich gelang, mich loszueisen, dann auf Kosten dessen, daß ich meinen Gesprächspartner mit dem Wort auf der Zunge stehen ließ. Daher meine Unentschlossenheit.

Doch in solchen Fällen des Wankelmuts kam sie triumphierend an und holte mich auf Verlangen anderer weg, und zwar mit solcher Zuvorkommenheit, daß derjenige, der mich mit Beschlag belegt hatte, von ihr eingenommen war und sich von mir behelligt fühlte. Wie erklärst du dir das? Ich erinnere mich, daß sie mir eines Abends am Amherst College einen frechen Rat gab, nämlich, man solle dreiste Partygäste behandeln wie zudringliche Hunde, mit einer gewissen hinterlistigen Härte: ihnen über den Kopf streicheln, ihnen die Stirn kraulen, aber sie um jeden Preis daran hindern, daß sie die Pfoten auf einen legen. Das sagte sie zu mir.

Ihre Anziehungskraft war so stark, daß die Leute bei der Beerdigung weinten. Die Kirche war überfüllt, es herrschte Stille, eine Stille, die nur von Schluchzen unterbrochen wurde. Ich erinnere mich an jenen Tag, als hätte ich ihn in einer anderen Haut erlebt, wie verdoppelt. Nach einer Woche der Anspannung ahnte ich, wie dramatisch die Sache in Wirklichkeit war, aber *ich spürte es noch nicht.* Sprachlos beobachtete ich meine Umgebung. Ich sah einen Mann mit braun-grün gestreifter Krawatte, der gerötete Augen hatte; eine ältere Frau in Trauerkleidung mit einem Taschentuch in der Hand; zwei weinende Mädchen, die miteinander flüsterten. Warum sollten *die* weinen? fragte ich mich. Wer waren sie? Wer mochte der

Mann mit der gestreiften Krawatte sein, die ältere Frau, die flüsternden Mädchen? Hatte man ihnen vielleicht die Busfahrt bezahlt? Angesichts jener allgemeinen Bestürzung hielt ich die Verführungskraft deiner Mutter für unwiderstehlich; ihre Fähigkeit, sich Zuneigung zu erwerben war so ausgeprägt, daß nicht einmal Don Federico Corral, der Hausverwalter, mit dem sie auf Kriegsfuß stand, sich ihr entziehen konnte: Ich sah ihn in einem Seitenschiff des Gotteshauses, den Kopf melancholisch auf die Brust gelegt.

Das erste Warnzeichen, das sie spürte, war ein dauerhafter Schmerz in der linken Schulter. Wir gingen zu Oscar: Rheuma, Arthritis, Arthrose … Sie war noch jung, aber für diese Dinge gibt es kein Alter. Wir maßen dem keine Bedeutung bei. Das heißt, ich maß dem Schmerz keine Bedeutung bei, sondern einer ganz leichten Hinfälligkeit, die ich an ihr wahrnahm, ja vielmehr noch der instinktiven Anstrengung, die sie unternahm, um sich zusammenzureißen. Wir waren gerade aus Brüssel zurückgekommen, und alles war gut gegangen. Ich hatte die halbe Ausstellung verkauft, und die Kritiken waren erfreulich. Wie üblich hatte sie die Gemälde gehängt und war dort zufrieden gewesen; sie hatte nicht geklagt. Nachdem wir schon drei Tage wieder zu Hause waren, überraschte der Schmerz sie beim Aufstehen. Außer der Episode mit dem Asthma erinnerte ich mich nicht, sie jemals krank erlebt zu haben. Mit achtundzwanzig Jahren litt sie Monate nach deiner Geburt an einer Asthmaerkrankung mysteriöser Herkunft, deren nächtliche Anfälle sie nicht zur Ruhe kommen ließen. Sie verbrachte die Nacht im Bett sitzend mit Lesen. Sie nahm es nicht ernst; deine Mutter nahm ihren Körper außer den Zähnen und dem Fett nicht allzu ernst. Die Ärzte schlossen das Herz aus; sie sprachen von einer Allergie. Bestimmt war es eine Allergie. Aber ein Allergie wogegen? Die üblichen Tests erbrachten nichts. Es konnte alles und nichts sein; es ließ sich nichts bestätigen und nichts ausschließen. Es schien auch nicht wichtig, obwohl ihr Atem jedesmal, wenn sie einen Anfall erlitt, kürzer kam, pfeifend, mit einer Behinderung in der Luftröhre, angstvoll. Sie bedeutete mir mit dem Kopf nein, ich solle mich nicht beunruhigen. Nie fühlte sie sich tatsächlich am Ende, wirklich entkräftet.

Wir wohnten damals in einem Haus gegenüber dem Park und hatten im Salon einen sehr schwierig zu reinigenden Knüpfteppich. Aber außer mir dachte niemand an den Park oder den Teppich. Eines Tages begannen die Anfälle von selber seltener zu werden; sie hatte kaum einen pro Monat. In jene Zeit fiel die Verleihung der Medaille des Herbstsalons, und die Aussichten auf wirtschaftliche Verbesserung, die sie mit sich brachte, ließen uns die Wohnung wechseln. Daß wir umzogen und das Asthma verschwand, war eines. Sie spürte nicht einmal mehr die geringste Spur davon. Die Krankheit hatte schlicht aufgehört. Waren Pollen die Ursache, irgendein Baum im Park, irgendeine Blume? Vielleicht der im Teppich angesammelte Staub, der nicht mit uns in die neue Wohnung wanderte? Es kam nie heraus. Aber als das Problem mit der Schulter auftauchte, erinnerte Oscar sich an das Asthma. Er hatte es in seiner Krankengeschichte verzeichnet. Ein Zusammenhang war zwar denkbar, angesichts der seither verstrichenen Zeit aber unwahrscheinlich. Er verschrieb Gymnastik, Ultraschall und Antirheumatika. Deiner Mutter hatte man von der Gymnastikpraxis des Dr. Salinas in der Nähe des Flusses erzählt, und hoffnungsfroh suchte sie ihn auf. Sie gaben ihr einen mörderischen Termin: vier Uhr nachmittags. Und sie ging hin, mitten im Juni, und kam erhitzt, deprimiert zurück. Sie pflegte sich auf den Schaukelstuhl im Salon zu setzen, bis ihre Atemnot vorbei war. Zum erstenmal erlebte ich sie, wenn auch nur kurz, als labil, von etwas beherrscht. An jedem Ort der Welt, wo es Vitrinen, Museen, Theater oder Denkmäler gab, das heißt schöne Dinge zu bewundern, war deine Mutter unermüdlich. Sie konnte den Tag um neun Uhr morgens beginnen und zwölf Stunden später immer noch aktiv sein, bereit, ein abendliches Schauspiel zu besuchen, das die Mühe lohnte. Die körperlichen Übungen brachten der

Schulter keine Besserung. Die Schmerzen äußerten sich so, daß sie nicht in Zusammenhang mit der Behandlung zu verlaufen schienen. Vielleicht ahnte sie, daß jene heimtückischen Schmerzen ohne ersichtlichen Grund der Anfang von etwas Schlimmerem sein könnten, aber sie sagte nichts. Sie war dagegen, schlechte Nachrichten zu verbreiten: Ana sagt ihr davon nichts, bat sie uns, es ist eine Kleinigkeit. Und wenn wir dich im Gefängnis besuchten, wurde von ihren Schmerzen nicht gesprochen, als würden sie nicht existieren. Die Themen waren die gleichen wie immer: der fast ewig lebende Mann, die Verhandlung, die nie anfing, das Gestammel der Kleinen. In dieser Lage, mit einer ungenauen Diagnose, kamen wir hierher. Nach dem Aufstehen machte sie für gewöhnlich gleich die von Dr. Salinas zusammengestellten Übungen, aber eines Tages war ihr Arm entzündet. Mal sehen, ob ich jetzt wie ein Ballon anschwelle, witzelte sie. Sie war zwar etwas stiller, wollte aber unsere Sorgen zerstreuen, der Rhythmus zu Hause sollte sich ihretwegen nicht ändern. Dennoch war ihre Hinfälligkeit nicht zu übersehen, und entgegen ihren Gepflogenheiten hörte sie Mitte Juli auf, zu mir ins Atelier heraufzukommen, um zu schauen, *ob ich am Morgen weitergekommen sei.* Sie war jovial, aber gebremst, suchte nach Betten, Sofas und Stellen zum Anlehnen, wo sie wieder Kraft schöpfen konnte.

Abends fragte sie mich zwar: Arbeitest du? Ich nickte bejahend: Morgen zeige ich dir, was ich gerade mache. Ich täuschte sie, weil ich wußte, daß sie nicht heraufkommen würde. Ich war weiterhin blockiert, hatte nicht einmal die Kraft, eine Leinwand zu beschmieren; es überraschte mich, daß ich vor Monaten Ideen gehabt hatte, und ich wollte schon vermuten, meine Unfähigkeit sei diesmal endgültig. Nur ein einziges Argument sprach dagegen: daß der Gedanke an meine Ohnmacht mich nicht zum erstenmal überfiel. Da versuchte ich, mich durch die Vorstellung aufzumuntern, die Medaille des Herbstsalons, die Ausstellungen in Paris und Brüssel, die Lobreden der Kritiker hätten etwas zu bedeuten. Und wenn mir die Inspiration früher einmal beigestanden hatte, gab es keine objektiven Gründe, warum sie mir nicht wieder hätte beistehen sollen. Ich will dir noch etwas sagen: Jedesmal, wenn sie mich fragte: Arbeitest du? – wohl eher, damit ich dachte, sie verfolge genau mein Tun, als aus echtem Interesse (in diesen Tagen hatte sie andere Dinge im Kopf) –, überlegte ich mir folgendes: Später, wenn sie wieder genesen wäre, würde ich die Wahrheit sagen müssen, das heißt, daß der Maler, der mir innegewohnt habe, gestorben sei; daß ich tausend Bilder gemalt habe, bedeute nicht, ich könne tausendundeines malen. Dies sei das Joch des Künstlers.

Als ihr Lebenslicht am Verlöschen war, litten alle um sie herum. Ihre Anstrengungen, sich zusammenzureißen, täuschten niemanden, wirkten sogar jämmerlich. Da fielen mir in jenen ersten Sommertagen die Wechseljahre ein. Diese harmlose Erklärung nahm in mir Gestalt an: Die Wechseljahre nahmen bei deiner Mutter einen mühseligen Verlauf, nichts weiter. Während ich im Atelier gegen meine Unfähigkeit kämpfte, wiederholte ich mir das dutzende Male, um es mir einzureden. Warum bloß war ich nicht schon längst darauf gekommen? Eines Tages wies ich sie mit übertriebener Begeisterung darauf hin, sie aber lächelte: Das sind zwei Paar Stiefel, sagte sie. Ich ärgerte mich über mich selbst, weil ich meine Vermutung so plump vorgebracht, den Einfall kaputtgemacht hatte. Dann legte ich mich mit ihr an: Was verstehe sie schon von Medizin? Manchmal wecke dieser Vorgang bei den Frauen sogar Mordgelüste. Ja noch mehr: In den Gesetzen zivilisierter Staaten gälten die Wechseljahre sogar als strafmildernd. Ich wurde laut, um ihr das zu sagen; anstelle von Argumenten setzte ich Geschrei ein, wie immer, wenn man nicht von dem überzeugt ist, was man sagt. Sie sah mich an, mit einem Funkeln auf dem Grund ihrer kastanienbraunen Augen, und da merkte ich, daß sie dieselbe Miene machte, wie wenn sie die Kleine ansah, ein wenig geistesabwesend und ungläubig. Ich rede mit dir! brüllte ich wütend, aber sie sah mich weiterhin nachsichtig an, während ihr schlanker, kraftloser Körper auf dem Sofa ruhte; da ich nicht locker ließ, bat sie mich schließlich, Gustavo zum Fahrenüben in die Einöde zu bringen, er sei wie ein eingesperrter Löwe. Meine Mutmaßungen interessierten sie offenkundig nicht; sie wollte schlicht und einfach allein sein, mich loswerden.

Jetzt denke ich, daß niemand mir beistehen wird, wenn mich die Angst packt. Was soll aus mir werden, wenn ich inmitten der feindseligen Blicke des Publikums nicht ihrem komplizenhaften Zwinkern begegne? Wie soll ich mich zum Sprechen aufraffen? Wie der krakenhaften Verfolgung auf den Cocktailpartys entgehen? Wer wird herbeieilen, um mich zu erlösen? Werde ich den Mut haben, ein Flugzeug zu besteigen? Als wir frisch verheiratet zum erstenmal flogen, war sie es, der schwindlig wurde. Ihr wurde beim Abheben übel, und ich war glücklich, mich um sie kümmern zu können. Einige Zeit später, als die Propeller- durch Düsenflugzeuge ersetzt wurden, begann ich, das Innere der Maschinen wie einen Operationssaal zu empfinden, jener mich bedrückenden, künstlichen Umgebung zu mißtrauen. Sie riet mir: Atme tief ein und stoße die Luft allmählich aus. Hast du dich noch nie mit Sauerstoff berauscht? Ich versuchte es, aber die Anspannung ließ nicht nach; ich konnte mich nicht beherrschen. Da entdeckte ich die Wirksamkeit von Alkohol bei unbezähmbarer Angst. Ein paar Gläser Sekt ließen die Angst dahinschmelzen, verwandelten das Flugzeug in ein Gerät, das so harmlos war wie ein Jahrmarktskarussell. Aber ich mußte genau das richtige Maß treffen wie jetzt auch, morgens beim Aufstehen. Ich weiß: Wenn ich die entsprechende Dosis trinke, dann sehe ich sie dort auf jener Couch liegen, in dem roten Kleid wie auf dem Gemälde, mit solcher Deutlichkeit, daß ich ihren Gesichtsausdruck und die Einzelheiten ihrer Garderobe beschreiben könnte. Und wenn sie dort nicht ist, dann sehe ich durch das Oberlicht, wie sie über den Kiesweg geht und kurz darauf reglos am Türrahmen lehnt und mich aufmerksam beobachtet; ein wenig unbeholfen, aber sehr attraktiv. An manchen Vormittagen sehe ich sie nicht, sondern höre sie bloß, spüre sie hinter mir, wenn sie die Eichendielen zum Knarren bringt, wie nur ihr Gewicht sie zum Knarren bringen kann. Da ahne ich, daß sie bei mir ist, auch wenn ich sie nicht sehe. Natürlich sind das vom Alkohol erzeugte Hirngespinste, aber sie passen mir: Ohne diese Hirngespinste kann ich nicht mehr leben. Was der Alkohol nie auslöschen konnte, ist das Gefühl jenes eiskalten Kusses auf ihre tote Stirn, als der zerbrechliche Hals aus dem Laken ragte, das sie umhüllte wie ein Leichentuch. Deine Geschwister und Verwandten kamen im Gänsemarsch hinter mir, wie im

Gefängnis, aber sie ging jetzt nicht voran, ihre Fröhlichkeit fehlte. Und während sie Abschied nahmen, rieb ich mir fest die Lippen, denn obwohl ich sie mir schlafend oder wachend, lachend oder weinend, plaudernd oder verschlossen denken konnte, war ich außerstande, sie mir ohne Wärme vorzustellen.

Mitten im Hochsommer lud ich sie zu einer Radtour ein. Man hatte sie nie anzuspornen brauchen, aber in den letzten Julitagen wirkte sie verzagter. An jenem Nachmittag wurde mir bei der Kurve mit der Tanne klar: Das Land an sich milderte die Schwermut nicht, man mußte die Fröhlichkeit in sich mitbringen, um es zu genießen. Trotz allem bemühte sie sich, ihr gewohntes Maß an Optimismus aufzubringen, indem sie sich Situationen ausmalte, die hätten schlimmer sein können. Dann wieder hatte sie unvorhersehbare Anfälle. Eines Abends umarmte sie im Salon mit ungewöhnlicher Heftigkeit Mar. Ich war drauf und dran, dir ein Ende zu bereiten, sagte sie. Mehrere Nächte lang hatte sie gräßliche Dinge geträumt: Mar gevierteilt, ohne Hände und Füße. Eigentlich wußte sie nicht, ob sie das träumte oder sich im Halbschlaf einbildete, aber sie machte Licht und schaltete es erst wieder aus, nachdem sie sich beruhigt hatte. Ein anderes Mal habe sie von der Kleinen geträumt, erzählte sie mir. Sie hatte einen Abscheu vor Thalidomid. Manchmal berichtete sie,

sie hätte es während des Stipendienaufenthalts 1964 in Paris beinahe genommen, eine grundlose Behauptung, denn obwohl sie es ihr mit Sicherheit anboten, lehnte sie es wie so vieles andere in jener Situation ab. Da sie schwanger war, wollte sie möglichst keine Medikamente nehmen. Sie betrachtete die Schwangerschaft als etwas Natürliches, auch wenn sie nicht zuließ, daß etwas anderes als ihr Bauch anschwoll. Sie haßte diese aufdringlichen Schwangerschaften, die sich sogar an den Ohrläppchen zeigen, aber sie nahm keine Medikamente dagegen; sie machte Übungen und schränkte ihren Salzkonsum ein. Das war alles. Ich glaube, das hat sie auch dir empfohlen, als dein Baby sich ankündigte. Folglich war die Geburt für sie etwas Körperliches, das mit dem Arzneimittelbuch nichts zu tun hatte; Medikamente waren überflüssig. Wenn die Zeit gekommen war, gebar sie das Kind, und zwar in Ruhe; ohne den Augenblick zu beschleunigen oder zu verzögern. Ganz ihren Ansichten gemäß wollte sie in der Nacht, in der sie deine Schwester gebar, trotz der Bitten der Hebamme nicht auf den Arzt warten. Als der Augenblick da war, preßte sie das Kind heraus, ohne auf irgendwelche Einwände zu hören. Und da lagen die beiden, Mutter und Kind, auf der Matratze: Das Kind wimmerte, sie schaute zur Decke hinauf, lächelte ins Leere. Das war etwas so Wunderbares, daß ich angesichts der verdutzten Hebamme einen Bindfaden nahm und ihn um die dicke blaue Schnur wickelte, die die beiden verband, aber ich traute mich nicht, sie zu durchtrennen. Diese Ereignisse änderten ihren Lebensrhythmus nicht im geringsten. Ich erinnere mich: Bei Pablo ging sie mit mir auf Reisen, obwohl sie schon überfällig war. Sie dachte schon nicht mehr an die Sache mit Alicia, die vorhergehende Geburt. Verónica, die vorsichtiger war, warnte sie: Und wenn du mitten auf dem Land Wehen bekommst? Sie antwortete mit solcher Entschlossenheit, daß sie ihre Freundin einschüchterte: Dann halte ich im erstbesten Dorf an und entbinde; du hältst eine Geburt doch wohl nicht für etwas so Ausgefallenes? Vierundzwanzig Stunden nach unserer Rückkehr kam Pablo zur Welt, der schönste von allen. Verónica schlug die Hände über dem Kopf zusammen: Heiliger Gott, ein richtiges Wunder, daß er nicht in Frankreich geboren ist! Sie spöttelte: Schiene es dir so schlimm, einen französischen Sohn zu haben?

In den trauten Runden nach Tisch erzählte sie diese Geschichte Paula, um sie auf ihre bereits kurz bevorstehende Entbindung vorzubereiten. Martín teilte ihre Meinung: Eine Geburt sei ein natürlicher Vorgang, und daher habe man ihn von der Medizin zu trennen. Paula nahm kaum Salz zu sich und lernte atmen. Alles ging gut, aber als sie eines Sonntagnachmittags unverhofft die Wehen überkamen, wurden wir alle nervös. Die Schmerzen waren heftig, aber deine Mutter zauderte nicht; sie benachrichtigte den Dorfarzt und bereitete alles vor, um sich hier zu Hause um sie zu kümmern. Nichts lief schief; innerhalb von vier Stunden war das Kind geboren, und obwohl es groß und seine Mutter zierlich war, rutschte es genauso heraus wie Alicia zwanzig Jahre zuvor. Das war vielleicht der einzige glückliche Augenblick inmitten eines unheilvollen Sommers.

Paulas Entbindung war wohl die letzte Aktion deiner Mutter im vergangenen Sommer. Nach diesem Tag war sie wie gelähmt. Sie beschäftigte sich kaum noch mit den Blumen und den Kindern. Nachdem sie eines Morgens die Ecke mit den Margeriten gegossen hatte, fiel sie in Ohnmacht. Dann lag sie bis zum Frühstück in der Hängematte. Als sie aufstand, behauptete sie, es gehe ihr gut, aber beim Essen reizte eine Bemerkung Pablos sie zu einem Lachanfall, sie verschluckte sich, lief rot an, und wir glaubten, sie ersticke. Sie erhob sich, ohne sprechen zu können. Mit den Armen fuchtelnd, verlangte sie nach Hilfe. Alle sprangen wir auf und versuchten ihr beizustehen. Endlich ließ die Atemnot nach, sie beruhigte sich. Alicia bekam einen Schrecken; sie war kreidebleich. Sie sagte, solange ihre Mutter sich nicht erholt habe, werde sie nicht heiraten. Außerstande, die Besorgnis zu ertragen, nahm ich am Nachmittag den Wagen und brachte sie in die Stadt zu Oscar: Die Schmerzen in der Schulter quälten sie immer noch, außerdem die Armentzündung, die erhöhte Temperatur … Dann kamen neuerdings der Schwindel und die Schluckbeschwerden hinzu. Oscar unterzog sie einer gründlichen Untersuchung. Aus dem Gespräch schloß ich, daß deine Mutter noch an anderen Problemen litt, von denen sie mir nichts erzählt hatte: Schlaffheit, Stimmversagen, Halsbeschwerden und einem immer wiederkehrenden Schmerz im rechten Bein. Bei jedem neuen Symptom, das sie darlegte, musterte ich Oscars ernstes Gesicht, seine altmodische, ein bißchen verschmitzte Bauernmiene. Und als deine Mutter hinzufügte, daß sie manchmal ohne jeden Grund aus der Nase blute, fragte Oscar nach ihrer Regel; nach ihrer Aussage war sie normal. Aber er erkundigte sich nach immer mehr Einzelheiten. Angesichts seiner Beharrlichkeit empfand ich die dem Laien, der eine Diagnose vorweggenommen hat, eigene Befriedigung: Oscar wollte auf die Wechseljahre hinaus!

In der Stadt herrschte eine trockene, stehende Hitze, eine Hitze mit aufgeweichtem Asphalt, die den kastilischen Sommern eigene Hitze. Ich brauche ein paar Proben für morgen, sagte Oscar und reichte mir das Rezept. Als wir dann nach Hause kamen, passierte etwas Merkwürdiges. Während ich aus dem Auto kletterte, sagte deine Mutter, die auf der anderen Seite ausgestiegen war, herzlich zu einem älteren Mann, der, ohne den Kopf zu drehen, auf dem Gehsteig davonging: Danke, vielen Dank. Das war sehr liebenswürdig von Ihnen. Der Mann, der ein helles Jackett trug und eine Schulter höher zog, lief erschrocken weg. Das war sehr liebenswürdig, wiederholte deine Mutter, als wir schon im Aufzug waren: Was hat er denn zu dir gesagt? fragte ich gespannt. Sie nickte bloß. Sie war wirklich gerührt: Als ich ausgestiegen bin, hat er mich angesehen, gepfiffen und gesagt: Mensch, was für Beine! Was sagst du dazu? Das ist normal. Daß deine Beine hübsch sind, ist nichts Neues. Da machte sie eine kurze Bemerkung, an die ich seither oft gedacht habe. Sie sagte bloß: Heute schon. Warum war es an jenem Tag etwas Neues, daß ihre Beine hübsch waren? Weil sie achtundvierzig war? Vielleicht weil sie krank war?

Der Fernseher halblaut, zwei Lichtspalte in den Jalousien ohne Gardinen, saßen wir wie üblich in unseren Sesseln und schmachteten in der Vorläufigkeit des Sommers, unter der Schwüle der Tage. Mir hat schon lange keiner mehr etwas so Angenehmes gesagt, wiederholte deine Mutter aufs neue. Der Überdruß des Sommers die drückende Hitze des Nachmittags, die Besorgnis wegen der Krankheit, all das hatte sie dank des Kompliments eines Tölpels überwunden. Du hast ihm ja großzügig dafür gedankt, warf ich hin. Glaubst du, ich bin zu weit gegangen? fragte sie mich. Sie war plötzlich verunsichert, mißtrauisch. Schnell beruhigte ich sie: Vielleicht hast du es ein wenig übertrieben, mehr nicht. Sie blickte mich verärgert an: Dann bin ich also zu weit gegangen. Warum streitest du es ab? Ohne zu wissen, wie, verhedderten wir uns in einem plumpen Streit darüber, ob es sich gehörte, sich für ein Kompliment zu bedanken, und ich wurde hitzig und sagte ihr, wie ungebührlich es sei, auf ein Kompliment mit einem anderen Kompliment zu antworten, und sie erwiderte, sie habe sich doch bloß bedankt und kein Kompliment gemacht, und ich setzte hinzu, daß sich zweimal zu bedanken und einen Unbekannten liebenswürdig zu nennen mehr als ein Kompliment sei. Warum habe ich an jenem Nachmittag die Kontrolle verloren? Warum? Sie bildete sich ein abzubauen, und die Worte jenes Mannes hatten sie getröstet. Warum behandelte ich sie also mit jener herablassenden Härte, die ich manchmal zeigte, als sie gesund war und ich sie nicht brauchte? Jedenfalls war ihr mein Zorn einerlei. Sie beachtete ihn gar nicht. Als ich mich abends zu Bett legen wollte, überraschte ich sie vor dem Schrankspiegel, wie sie, den Kopf seitlich gelegt, die Rockzipfel mit den Fingerspitzen anhob und ihre Beine betrachtete. Sie biß sich auf die Unterlippe und nickte zustimmend: Tatsächlich, man kann sie sich noch anschauen, sagte sie zufrieden.

Zwei Tage später gab Oscar uns einen erfreulichen Bescheid: Die Untersuchungen hatten Eisenmangel ergeben, was einige Beschwerden erklärte. Er verschrieb ihr Eisenpräparate, auf einem harten Bett liegen und ein paar Herzmittel. Meine Unruhe legte sich wieder. Sie sah weiterhin alles unter Vorbehalt. Hoffentlich ist es *nur* das, sagte sie. Warum hoffentlich? Es ist doch klar. Oscar hat es gesagt. Ich wollte um jeden Preis, daß sie es glaubte. Am nächsten Tag fuhren wir nach Hause zurück. Und? Besorgnis lag in Alicias Augen, in Martíns Bedrücktheit, in Nicolás' Schweigen: Alles geklärt. Eisenmangel, sagte ich. Sie verdrehte die Augen und schüttelte verneinend den Kopf. Später erzählte Alicia mir, sie habe ihr gesagt: Ich will deinen Vater nicht enttäuschen, aber Oscar hat den Eisenmangel bloß als Möglichkeit genannt.

Am Nachmittag schloß ich mich im Atelier ein. Ich trällerte und pfiff wie schon lange nicht mehr. Mir schien eine neue Ära anzubrechen. Ich fing mit einem Bild an, aber nach einer halben Stunde ging es nicht mehr weiter, ich machte vier heftige Pinselstriche und ließ es sein. Ich war buchstäblich leer. Mein Problem ließ sich nicht mit Eisen heilen, es war hoffnungslos. Wenn sie wieder gesund wird, warum gelingt mir dann nichts? fragte ich mich betreten. Die Machtlosigkeit meiner Hand, die Trockenheit meines Gehirns kamen mir endgültig vor. Ich regte mich dermaßen auf, daß ich die Pinsel und Farbtuben gegen die Leinwand schleuderte, der Staffelei und den auf dem Boden verstreuten Dosen zwei Tritte versetzte und mich ganz aufgewühlt auf die Couch fallen ließ. Ich keuchte, mir war eng um die Brust. Ich dachte an einen Infarkt, aber was mir die Atmung erschwerte, war meine Wut. So mußte es ja kommen, sagte ich mir; auch wir Künstler geraten in die Wechseljahre.

Meine anschließende Reaktion fiel wie üblich in diesen Fällen aus. Angesichts meiner Ohnmacht dachte ich, meine Ausdruckskraft sei erschöpft, ich sei am Ende. Solche Krisen bedeuteten nicht nur meinen künstlerischen Zusammenbruch, sondern wirkten sich auch auf meine Laune aus. Meine Laune, das stand fest, hing von meiner Effizienz ab: bei großer Leistung gute Laune; bei geringer schlechte. Das heißt, sie wechselte wie der Mond; aber in den zunehmenden Phasen, also wenn ich malte und das Bild meinen Erwartungen entsprach, ließ ich mich dermaßen auf es ein, daß ich vergaß, wie spät es war, wo ich war, ja sogar, wer ich war. Einmal passierte es mir, daß ich nicht merkte, daß es mich gab, bis es Nacht wurde und ich die Farben nicht mehr auseinanderhalten konnte. In solchen Fällen war es, als würde ich aufwachen, ungläubig blinzeln, aus allen Wolken fallen. Eine Weile lang rührte ich mich nicht. Schließlich schaltete ich das Licht ein, rieb mir die

Augen und erschuf mich neu aus meinem eigenen Werk. Ich sah es mit frischem Blick, als wäre es das eines anderen, wie in einer gerade betretenen Ausstellung. Ich wußte selbst nicht, wie ich die Schwierigkeiten gelöst hatte, die jetzt in dem Gemälde geklärt waren. Ich staunte über meine eigene Meisterschaft. So fremd fühlte ich mich, daß ich über diese Werke zu sagen pflegte, Engel hätten sie gemalt, meine Hand habe nur als Werkzeug gedient. Sie spähte durch den Türspalt, ehe sie ins Atelier kam, und wenn sie mich in vollkommener Verzückung sah, hingerissen, ging sie hinunter und aß mit den Kindern, ohne auf mich zu warten. Wenn sie mich dann des Nachts wie einen Schlafwandler ankommen sah, fragte sie mich: Die Engel waren da, nicht wahr? Ich nickte: Schauen wir uns das Bild an.

In fruchtbaren Zeiten fiel es mir nicht ein, an Dürreperioden zu denken; natürlich war, daß ein Maler in einem fort malte, wie ein Lehrer jeden Tag seinen Unterricht hält. Ich bildete mir ein, die Schwankungen seien vorübergehende Schwächeanfälle, das Talent fließe beständig, wenngleich unauffällig, wie das Wasser eines Flusses. Aber plötzlich wurde ich von einer Phase der Sterilität erfaßt, und mein Schöpfergeist wechselte die Vorzeichen. Ich war Wüste, daß ich einmal Frucht getragen hatte, Zufall. Eine Schaffensphase machte noch keinen Künstler. Der Künstler mußte ganz

Wille sein, und wer schuf, ohne den Willen zu schaffen, war schlicht ein Werkzeug des Zufalls; ein Glückspilz. Manchmal wurde mein Kopf durch einen Blitz erhellt, aber in letzter Zeit war alles dunkel, ich tappte genauso im dunkeln wie an jenem Tag, als wir von dem Besuch bei Oscar nach Hause kamen und ich überzeugt war, deine Mutter leide an Eisenmangel. Trotzdem ging ich an jenem Nachmittag selbstsicher in mein Atelier hinauf, immer noch im Glauben an eine vorübergehende Krise; ich erinnere mich sogar, geträllert zu haben. Aber als ich merkte, daß das nicht stimmte, daß mein Kopf weiterhin leer war, ohne Ideen, Formen oder Farben, packte mich der Zorn auf mich selbst und das Leben. Als ich dann auf der Couch lag und der Druck auf der Brust nachließ, nahm ich zwei Valium und schlief ein, in der Gewißheit, mein Genie habe sich, falls es jemals existiert hatte, in Luft aufgelöst.

Am nächsten Morgen fuhren wir nach Madrid, um euch zu besuchen. Marcelino Camacho hatte unter seinen Prozeßgefährten Wolljacken der französischen Gewerkschafter verteilt, aber Leo hatte keine bekommen. Es waren vorne offene, melierte Strickwesten mit Kragen und Bündchen, die zu Ehren ihres Spenders auf den Namen *Marcelinas* getauft wurden. Es verdroß mich, daß Leo bei der Verteilung leer ausgegangen war, da er ja für ihre gemeinsame Sache verhaftet worden war. Sie hatten ihn eingesperrt, weil er gegen den »Prozeß 1001« gekämpft hatte, weil er die gewerkschaftliche Unabhängigkeit verteidigt hatte. Im Grunde war ich damals leicht zu beeindrucken; ich verlor beim geringsten Anlaß die Geduld. Dein Mann besaß genug Kleidung, um den Nordpol zu überqueren. Welche Bedeutung hatte da eine Strickweste? Sie war einfach eine moralische Genugtuung; in jenem Augenblick schätzte ich vor allem Gesten. Ich merkte, wie mißtrauisch ich war. Du wußtest bereits, daß deine Mutter krank war, und es drängte mich, dir die jüngsten Neuigkeiten mitzuteilen. Ich bildete mir kindischerweise ein, die Angelegenheit sei bereinigt, als ich dir das mit dem Eisenmangel berichtete, da ja die Wissenschaft, sagte ich mir, nicht rückwärtsgehen kann. Du wirst dich an sie erinnern, an jenem schwülen, stickigen Morgen im Sprechzimmer, mit rissigen Lippen, schwach, immer dabei, sich zusammenzureißen. Du sprachst leiser: Ist es bestimmt nur eine Mangelerscheinung? fragtest du mich. Ich selbst war unbesorgt und empfand Mitleid mit dir: Sei nur ruhig, Oscar hat es gesagt.

Die Rückfahrt war schlimm. Die Körpertemperatur deiner Mutter stieg, ihre Müdigkeit nahm zu. Nach ein paar Tagen Behandlung ging es ihr ein bißchen besser, es war wie ein Aufflackern der Hoffnung; sie fühlte sich weniger erschöpft. Zur

Abwechslung wurde ihre Schulter eiskalt und steif: Es ist, als ob ich im Gelenk Splitter aus Eis hätte, sagte sie. Ich beobachtete sie ununterbrochen. Ein paar Tage später merkte sie, daß sie auf dem linken Auge das Seh- und auf dem linken Ohr das Hörvermögen verlor. Ich erschrak. Ich lief zum Telefon, konnte Oscar aber nicht sprechen: Die Leitungen waren überlastet. Dann ging es mit ihrer Schlaflosigkeit los. Sie schlief nicht etwa schlecht, sondern überhaupt nicht. Sie stand auf, geisterte im Haus herum, legte sich wieder hin. Sie zog in ein anderes Zimmer, um mich nicht zu stören. In der Morgendämmerung döste sie auf dem Sofa im Salon ein, aber sobald einer aufstand und die Dielen des Holzbodens zum Knarren brachte, wachte sie wieder auf. Schließlich erreichte ich Oscars Praxis. Er war verreist. Er war ein paar Tage zum Entspannen in den Norden gefahren, nach Asturien, ohne jedoch eine Adresse zu hinterlassen, ohne Hotelvormerkung, ein bißchen aufs Geratewohl. Du weißt ja, Oscar mag so etwas. Mit einem an den Wagen angehängten Caravan in die Alpen fahren oder in einem Campingzelt eine Woche auf den Picos de Europa verbringen. Auf dem Land gefällt es ihm am besten. Schließlich ist er auf dem Land geboren und hat dort eine glückliche Kindheit verbracht. Aber als sie mir sagten, er sei verreist, fühlte ich mich hilflos. Er kommt bald zurück, fügte die Sprechstundenhilfe hinzu.

Am nächsten Morgen suchte mich deine Mutter wie früher im Atelier auf, dort, wo ich vergebens mit einer weißen Leinwand kämpfte. Ich weiß jetzt, was ich habe, sagte sie mir voll naiver Begeisterung. Ich sah sie an wie ein seltenes Tier, auf der Hut. Der Backenzahn, fuhr sie fort. Der Backenzahn, den sie mir im Mai gerichtet haben; die Füllung drückt auf den Nerv und macht die linke Zungenseite gefühllos. Die Zunge erwähnte sie mir gegenüber zum erstenmal, und als sie das merkte, erklärte sie, seit unserer Rückkehr aus Madrid sei ihre linke Seite pelzig, wie eingeschlafen. Für mich hat nichts mehr Geschmack; ich kann Saures nicht von Süßem unterscheiden. Oscar brachte ich aufs laufende, sobald er zurück war. Kommt zu mir, sagte er. Morgen? Warum nicht heute nachmittag? Er sah sie sich nicht einmal an. Er hatte schon zwei Briefe vorbereitet, die er mir übergab: einen für Edmundo Carcedo, den Augenarzt, und den anderen für Alberto Román, den Ohrenarzt.

Edmundo Carcedo unterzog sie einer gründlichen Untersuchung. Auf dem linken Auge sah sie nicht gut. Sie hatte zwanzig Prozent ihrer Sehkraft eingebüßt. Edmundo tat so, als wolle er die Diagnose abmildern, und verlieh den Zügen seines eckigen Gesichts einen weicheren Ausdruck, brach die Kanten auf: Verminderung des Hornhautreflexes; Sie müssen sich so bald wie möglich das Gehör untersuchen lassen. Er nahm nichts vorweg, versuchte lediglich, sein Gesicht runder wirken zu lassen, die Spannung zu dämpfen. Alberto Román, der Ohrenarzt, bestätigte den Hörverlust. Er war aber nicht wie Edmundo, sondern eher das Gegenteil. Er bemühte sich keineswegs, die Wirklichkeit zu beschönigen; schroff legte er seinen allmählich gewonnenen Befund dar. Er benahm sich weniger wie ein Arzt als ein Wissenschaftler. Kaltschnäuzig zählte er ein Faktum nach dem andern auf, als würde ein Forscher eine neue Entdeckung zur Lösung des Problems beitragen. Wir verbrachten den Morgen in seiner Praxis. Deine Mutter ließ sich schicksalsergeben behandeln. In einem bestimmten Augenblick murmelte er leise: »Auf dem Gehörnerv lastet ein Druck«, und da reagierte sie lebhaft: Die Plombe! Dr. Román schüttelte den Kopf (er gehört zu jenen erhabenen Menschen, für die das Leben kein Spaß ist, so daß es für ihn paradox gewesen wäre zu lachen, wenn ihr Gefahr drohte). Meine Dame, sagte er, ich fürchte sehr, daß eine Zahnplombe mit der Sache hier nichts zu tun hat.

Am folgenden Tag las Oscar mir die Diagnose vor: »Wucherung im Bereich zwischen Corpus callosum und Cerebellum auf der linken Seite. Genauere Untersuchung der Dura mater erforderlich.« Ich saß da und starrte ihn an, als würde er chinesisch reden. Seine Stimme wurde weicher, wie wenn er vom Landleben redete, von seinen Ausflügen in die freie Natur: Er hält einen Tumor für möglich, sagte er tonlos. Einen Tumor? Im Kopf? Er nickte. Ich sträubte mich gegen das Unvermeidliche. Jetzt war sie der Grund meiner Angst, und die Angst selbst konnte mir wohl kaum das Heilmittel gegen sich selbst liefern. Oscar spielte mit seinen hübschen Schreibtischutensilien herum, mit Sicherheit das Geschenk irgendeines Patienten. Schnell schob er den hoffnungsfrohen Satz nach: Tumore in diesem Bereich sind normalerweise gutartig. Ich war so niedergeschmettert, daß jedes weitere Urteil, die geringste Geste mich unausweichlich wieder ein wenig aufbauen mußten. Noch mehr darniederzuliegen war unmöglich. Kann man das operieren? fragte ich kaum vernehmlich. Ja natürlich, heute läßt sich das mit einer hohen Erfolgsrate operieren. Er machte eine Pause und richtete sich auf, als wollte er mir damit andeuten, daß wir uns von nun an nicht mehr auf ihn verlassen könnten: Jetzt heißt es, schleunigst den passenden Neurologen zu finden.

Als deine Mutter mir die Tür öffnete, traute ich mich nicht, ihr in die Augen zu schauen. Ich war wie benommen und ging geradewegs in die Bibliothek. Was suchst du? Sie kam hinter mir her, aber ich schwieg. Ich wußte: Sobald sie mir in die Augen schaute, würde sie alles entdecken (sie sah hinter die Augen, hinter die Worte, vor allem hinter meine so durchsichtigen). Ich hatte mir vorgenommen, es ihr erst am nächsten Morgen mitzuteilen, an einem frischen Tag, aber sie bemerkte meinen Versuch, ihr auszuweichen, und erbarmte sich meiner. Meine Schwäche gewann wie üblich die Oberhand. So daß ich, als ich mich aus der Bibliothek entfernte und wir uns Auge in Auge gegenüberstanden, es ihr sagte. Ihre Antwort erstaunte mich: Heutzutage lassen sich solche Dinge hinkriegen, sagte sie. Im schlimmsten Fall bin ich achtundvierzig Jahre glücklich gewesen; manche schaffen es ein ganzes Leben lang nicht einmal achtundvierzig Stunden.

Am nächsten Tag benachrichtigte ich deine Geschwister, sie sollten nach Hause kommen. Die Sommerzeit war vorüber. Oscar empfahl uns an Dr. Gil in Madrid: ein blasser, in sich versunkener, effizienter Mann mit erfahrenem klinischen Blick. Trotzdem machte mir seine Praxis mit zu großen Möbeln, in Leder gebundenen Büchern und schlechten Gemälden einen ungemütlichen Eindruck. Er befragte deine Mutter ausführlich. Dann machten sie alberne Spielchen mit mir als Zuschauer. Er warf ihr einen kleinen weißen Ball zu, den sie im Flug auffangen mußte, mal mit der einen Hand, mal mit der anderen. Er befahl ihr, sich mit der linken Hand ans rechte Ohr zu greifen und umgekehrt; mit einem Finger die Nasenspitze zu berühren. Danach ließ er sie auf einer geraden

Linie gehen, mit dem Absatz des einen Schuhs unmittelbar an der Spitze des anderen, und dabei das Gleichgewicht halten, wie wir es als Kinder machten, um Banden zu wählen. Bestürzend der Eifer deiner Mutter, ihre Sorgfalt, ihr Wille, es gut zu machen, wie ein Schüler bei seinen ersten Schreibübungen. Manchmal verlor sie das Gleichgewicht oder verfehlte den Ball. Und dann lächelte sie mir zu: Wie ungeschickt ich bin! Danach entschuldigte sie sich beim Arzt: Ich konnte solche Spiele nie gut, aber das hier ist so einfach. Dr. Gil hatte genug Feingefühl, um so zu tun, als hörte er es nicht. Er nahm sie sanft an einem Handgelenk, um sie im Kreis zu drehen, oder faßte sie mit beiden Händen an den Schultern. Die Beharrlichkeit des Arztes, seine ganz sachten Bemühungen ließen erkennen, daß er bereits ihrer magnetischen Anziehung ausgesetzt war. Das war begreiflich. Sie wirkte so wehrlos und stolz in diese Kunststückchen vertieft! In dem Augenblick, als sie zum zweitenmal versuchte, mit dem Zeigefinger der linken Hand ihre Nasenspitze zu berühren, traf sie in ihr rechtes Auge, ein unbegreiflicher Patzer: Mein Gott! sagte sie fassungslos und blinzelte. Der Arzt aber nahm sie an der Hand, griff nach einem Stichel und erfand ein neues Spiel: Strecken Sie die Zunge heraus und schließen Sie die Augen. Er ließ ihr keine Zeit, sich wegen ihres Versagens Vorwürfe zu machen. Sagen Sie mir, wenn Sie es stechen fühlen. Er fing an, den unteren Teil ihres Gesichts zu testen, erst die rechte Wange, wo deine Mutter sofort reagierte, dann die linke zwischen Nase und Mund, den Mundwinkel, die Zunge. Da begann sie zu zögern: Ich weiß nicht; ich bin mir nicht sicher, sagte sie. Dann um das Kinn herum, an der linken Oberlippe: nichts. Sie lächelte mit geschlossenen Augen, erwartungsvoll. Plötzlich stach ihr der Arzt wieder zweimal rechts neben den Mund: Jetzt! rief sie triumphierend und zog den Kopf ein wenig zurück. Der Stichel kehrte nach links zurück, Mundwinkel, Oberlippe, Nasenflügel. Sie lächelte wieder. Der Arzt versetzte ihr jetzt mit dem Stichel ein paar kurze Stöße, die kleine Vertiefungen in der Haut bildeten, aber sie ließ sich nicht erschüttern, lächelte weiter; vielleicht dachte sie sich, dieses Spiel sei noch alberner als das vorige. Der Arzt ließ nicht davon ab, den gefühllosen Bereich mit einer gewissen Heftigkeit zu untersuchen, ohne eine Reaktion zu erhalten. Plötzlich setzte er den Stichel ab und begab sich an den Tisch: Das genügt, sagte er. Sie schlug die Augen auf und sah mich fest an, als wollte sie mich fragen: Wie habe ich das gemacht? Der Arzt notierte sich etwas auf einem Block; nach einer Weile hob er den Kopf und musterte sie kurz mit seinen kleinen Schlitzaugen: Da wird vielleicht ein chirurgischer Eingriff nötig werden, sagte er. Und obwohl sie ihm reglos zuhörte, ohne mit der

Wimper zu zucken, fuhr er fort: Machen Sie sich keine Sorgen; heutzutage läßt sich solchen Dingen im OP leicht abhelfen. Mir schnürte es die Kehle zu, und während wir die Treppe hinuntergingen, brachte ich kein Wort heraus. Auf dem ersten Treppenabsatz blieb sie stehen und meinte mit ironischem Unterton: Als Arzt ist er ja vielleicht eine Berühmtheit, aber die Praxis sieht aus, als hätten seine Feinde sie ihm eingerichtet.

Ihre Ansichten über das Schöne und das Häßliche waren kategorisch. Sie hatte ein Vorurteil gegen alles Angelegte, Offensichtliche, Prätentiöse. Bei Innenräumen brachte die Neigung zur Überladenheit, zum Überfüllten sie aus der Fassung. Sie liebte leere Räume, kahle Möbel, den spartanischen Glanz eines Nußbaumtisches. Und verabscheute dagegen Vitrinen, jede Zurschaustellung, Nippes, in Leder gebundene Bücher, zu hohe Bilder. An der Natur bewunderte sie nicht die natürliche Ordnung, sondern die Unordnung: das abgrundtiefe Chaos einer sternklaren Nacht oder das undurchdringliche Laubwerk eines Waldes. In der Natur waren Quadrierung, Gerade und Maß überflüssig. Genauso überflüssig wie Nachahmungen: der Park, der einen Wald vortäuschte. Ihre Vorstellung von der Pflanzenwelt war sehr streng: Es sollte sie geben, aber ohne jede Zähmung. Von einem Beet mit einer Sorte Blumen im schlichtesten Winkel des Gartens war sie gerührt; dagegen verabscheute sie die Rondelle, prachtvolle Rabatten, Blumenmischungen. Solche Attrappen riefen bei ihr den gleichen unangenehmen Eindruck hervor wie eine Topfblume oder ein Vogel im Käfig. Für sie waren Blumen das Inbild des Spontanen, des Freien, das Gegenteil des Arrangierten. Und alles, was ihre Freiheit beeinträchtigte, aus ihnen Geometrie machte, stellte einen Widerspruch dar. Ihre Anschauungen, mit denen sie nicht hinter dem Berg hielt, empörten die Ästheten in der Stadt, aber für gewöhnlich wurden sie von niemandem richtig verachtet. Die Anekdote mit César Varelli beweist es. Bestürzt über ihren Tod kam César aus Paris zurück, und um seinem Leid Ausdruck zu verleihen, fiel ihm nichts Besseres ein, als einen Kranz roter Nelken auf ihr Grab zu legen. Aber auf dem Rückweg in die Stadt war ihm nicht wohl in seiner Haut. Er kannte die Abneigung deiner Mutter dagegen, Blumen anzuordnen, aus ihnen Filigranarbeiten zu machen, und obwohl er immer wieder versuchte, den Gedanken daran aus seinem Kopf zu verscheuchen, wurde der innere Druck so unerträglich, daß er schließlich kehrtmachte, um Abhilfe zu schaffen, aber es war Abend geworden und der Friedhof geschlossen. Da sprang er trotz seiner Beleibtheit über die Mauer, suchte das Grab auf und machte die Sache ungeschehen; er riß die Nelken aus dem Gestell und verstreute sie auf der Grabplatte. Nicht daß dieser Regen aus roten

Nelken ihn begeistert hätte, aber er hatte zumindest die Symmetrie aufgelöst, das Schema aufgebrochen. Ich fühlte mich befreit, sagte er zu mir. Und ich bin sicher, daß es Ana beruhigte.

Obwohl ich also ihre Vorlieben kannte, überraschten ihre Worte in Dr. Gils Treppenhaus mich doch. War ihr Urteil über die Praxis angebracht, wo ihr Leben auf dem Spiel stand? Sie sah mich an, als würde sie meine Zustimmung erheischen, und das steigerte meine Bestürzung noch. (Auch wenn es strenggenommen vielleicht ihre Fähigkeit zu überraschen war, was mich an ihr verblüffte, was über die Jahre hinweg bewirkte, daß ich unbeirrbar in sie verliebt blieb.) Sobald wir jedoch auf der Straße waren, schien es mir höchst natürlich, daß sie sich freudig auf einen Weg zu einer schicken Boutique machte und dort für Alicia Tischwäsche kaufte: Bei dem ganzen Hin und Her lasse ich das arme Kind ganz im Stich, sagte sie.

Zwei Tage später bestätigte Oscar die Diagnose. Es handele sich um einen Tumor, vermutlich des Nervengewebes im Gehirn, und das weitere Vorgehen sehe so aus, daß sich deine Mutter einer neuerlichen, ziemlich unangenehmen Untersuchung unterziehen müsse: einem Pneumenzephalogramm. Ich fühlte mich niedergeschmettert wie ein in den Seilen hängender Boxer, und als Oscar sah, daß ich so benommen war, fühlte er sich genötigt hinzuzufügen: eine Kontrastuntersuchung.

Luft in den Kopf blasen, um den Tumor zu lokalisieren. Entsetzt nahm ich ihn beiseite: Sei still, sprich nicht weiter, sagte ich. Sie hatte zwar keine Einwände, stellte aber eine Bedingung: Einverstanden, sagte sie, aber für den Augenblick laßt ihr mich in Ruhe, bis Alicia geheiratet hat.

Sie trat in eine geschäftige Phase, die an bessere Zeiten erinnerte: Telefonate, Aufträge, Besuche, Einkäufe, Einladungen. Sie stand nicht still. Obwohl Alicia nicht in Weiß heiraten wollte, fuhren die beiden nach Madrid, um ein Brautkleid zu kaufen. Sie kam zwar müde zurück, schwatzte aber auf der Couch liegend unablässig mit deiner Schwester, sie lachte, dirigierte alles Nötige. Alicia sagte: Um sich mit Mama anzufreunden, braucht man bloß zu heiraten. Ich dachte immer, sie hat eine Vorliebe für Ana! Tatsächlich hattet ihr beide, sie und du, immer die gleiche Wellenlänge. Sie hatte auf eure Wesensart, ja sogar auf euer Aussehen, einen größeren Einfluß als ich, außer auf Gustavo. Zum Glück war sie fähiger als ich. Du hast dich bei vielen Dingen, fast allen, mit ihr im Einklang befunden, aber ihre Unabhängigkeit hast du nicht gehabt; ehe du einen Schritt getan hast, hast du sie um ihre Meinung gebeten. Und wenn du etwas Schönes gekauft hast, konntest du es nur dann voll genießen, wenn sie daran teilhatte. Eure Telefongespräche waren endlos, sie versiegten nie; indem ihr alles hundertmal bespracht, konntet ihr aus einer Mücke einen Elefanten machen und umgekehrt. Jetzt erinnere ich mich, wie Leo und du das kleine Chalet der Firma Rozas gekauft habt. Die Baupläne mit den genauen Maßen begleiteten sie überallhin, und sie bekritzelte sie mit Skizzen von Möbeln, die sie dauernd umstellte. Aber als ihr mit dem Haus fertig wart, kündigte sich die Kleine an, und das Gespräch zwischen euch riß, abgesehen von deinen Stunden in der Schule, nicht mehr ab. Du hast ihr von deinem Zustand erzählt, von deinen Beschwerden, hast sie um Rat gefragt … Als die Schwangerschaft schon fortgeschritten war, warst du beunruhigt, weil du die Kleine kaum gespürt hast, aber sie meinte zu dir, du solltest ja nicht glauben, das Kind müsse den ganzen Tag in dir herumtanzen, weißt du noch? Und sobald die Kleine geboren war, konnte man gar nicht mehr mit ihr rechnen. Jede Ausrede war gut genug, um nach Madrid zu fahren. Ihre Schwäche für Babys wurde mit zunehmendem Alter größer: Versteht mich doch, sagte sie, seit zehn Jahre habe ich kein Baby mehr auf dem Arm gehalten. Kannst du dir das vorstellen? Ein schiefes Argument: Entwöhnung, Aussetzen, Entzug. Seit zehn Jahren kein Baby mehr auf den Armen gehalten! Trotzdem war sie jedesmal, wenn sie zurückkam, verwirrt: Es ist nicht meins. Ich darf mich nicht zu sehr hineinsteigern, sagte sie sich. Die erste Enkelin brachte sie aus der Fassung. Bei unserer nächsten Auslandsreise konnte sie sich nicht konzentrieren, sie vergaß die Bilder, wie sie zu hängen waren, eine Aufgabe, der sie stets viele Stunden gewidmet hatte. Jetzt mußte ich sie allein anbringen, während sie durch die Geschäfte der Stadt lief, und zwar nicht auf der Suche nach Babykleidung oder Windeln, wie man angesichts des Alters der Kleinen hätte erwarten können, sondern nach Kleidern oder Schuhen für die Zeit, wenn sie drei oder vier Jahre alt sein würde, Kleidungsstücken, die ihren Pfiff verlieren mußten, bis die Kleine das richtige Alter hätte. Es war eine Laune aus den Umständen heraus. Vermutlich sah sie in der Kleinen ein Echo oder spürte durch ihre Existenz die Unsterblichkeit. Ich kann es nicht sagen. Fest steht, daß sie sich jeden Morgen beim Aufwachen fragte: Warum bin ich zufrieden? Und sofort lächelte sie in sich hinein und sagte sich: Ich habe eine Enkelin. Beim Frühstück im Hotel machte sie dann langfristige Pläne; sie stellte sich vor, wenn sie alt wäre, mit ihrer Enkelin eine Reise von den Loireschlössern bis zu den Museen in Rom zu machen. Manchmal schüttelte sie, nachdem sie mir ihre Pläne mitgeteilt hatte, mutlos den Kopf: Wie dumm ich bin. Sobald die Kleine sechzehn ist, wird sie sagen, was ich in dem Alter gesagt habe: Wo soll ich mit der alten Schachtel hin? Mit einemmal wurde sie traurig. Sie wollte sich für ihre Enkelin jung erhalten. Und in der

Absicht, sich schon im voraus ihre Gunst zu erwerben, ging sie aus und kam mit einem Paar Schuhen zurück, die noch jahrelang nicht passen würden, die du aber mit großen Freudenbekundungen gefeiert hast. (Waren diese Geschenke vielleicht für dich gedacht, um euch beide zu täuschen?) Die Gegenwart der Kleinen machte sie glücklich; sie überschätzte den Umstand, Großmutter zu sein; das Wort *Großmutter* selbst ließ sie auf der Zunge zergehen wie ein Bonbon, es bereitete ihr Vergnügen. Sie verachtete diejenigen, die zu Beschönigungen griffen, um es abzumildern. Es gefiel ihr, als Großmutter aufzutreten, sich als Großmutter auszugeben. In Madrid konnte sie nach der letzten Untersuchung im abgedunkelten Klinikzimmer nur die Gegenwart der Kleinen ablenken. Jedesmal, wenn deine Tochter kam, wirkte sie wie neugeboren; den Kopf auf dem Kissen zur Seite gedreht, beobachtete sie ihre schwankenden Schritte, lächelte: Sie hat den gleichen Gang wie ihr Großvater. Immer ihre scharfsinnigen Beobachtungen! Sie konnte kaum sprechen, wollte allein sein, aber wenn die Kleine hereinstürmte, lebte sie auf. Nachdem sie sie hatte herumlaufen sehen, bat sie uns, die Vorhänge zurückzuziehen und sie zu ihr zu bringen. Sie begutachtete sie bis ins kleinste, ging mit den Augen ganz nah an das Gesichtchen heran, schob sie weg, als würde sie eine Perspektive herstellen wollen, betrachtete ihre Hände, ihre Fingernägel, ihr dichtes Haar, stellte Vergleiche an, und über dieser Musterung vergaß sie die Kopfschmerzen, den abgeschnittenen Bereich ihres Gehirns. Seit die Kleine auf der Welt war, nahm sie leidenschaftlichen Anteil an ihr. Und in der Nacht, als sie Leo und dich festnahmen, hatte sie Angst, sie fürchtete, ihre Begeisterung für die Kleine werde überhandnehmen, übertriebener Eifer werde ihr schaden. Sie versuchte sich zu beherrschen, ihre Zärtlichkeit nicht nach außen dringen zu lassen, ihre Gefühle unter Kontrolle zu halten. Wenn die Mutter des Kindes nicht bald aus dem Gefängnis kommt, weiß Gott, was aus ihm wird, sagte sie oft.

Als Alicia eines Abends im Scherz sagte, nichts sei so gut wie Heiraten, um sich mit Mama anzufreunden, hatte sie nicht ganz unrecht. Bei Kindern ließ sie sich von zwei Altersstufen rühren: den ersten Monaten und der Jugendzeit. Sie erkannte wohl die Hilflosigkeit, die sich der Kinder zu diesen Zeiten bemächtigt. Als ihr Babys wart, verbrachte sie ihre Mußestunden mit euch auf dem Arm, zeichnete mit einem Finger euer Gähnen nach, die feuchten Mündchen, und drückte euch auf ihren Schoß, als wollte sie euch wieder in ihren Körper stecken. Sie war regelrecht ergriffen, die Augen wurden ihr feucht. Als ihr jedoch größer wurdet und mir Spaß zu machen anfingt, war sie von euch nicht mehr fasziniert, wurde die

Anziehungskraft, die von euch auf sie ausging, geringer. Nicht daß sie sich von euch entfernte, aber sie sah, daß ihr versorgt wart, sie nicht unbedingt brauchtet. Diese Haltung änderte sich wieder, als den Jungen der Schnurrbart sproß, sie mit den ersten Kieksern in den Stimmbruch kamen und ihr Mädchen euch entwickeltet. Man hätte meinen können, sie erlebte in euch ihre Jugend wieder, die besonderen Probleme der Pubertät. Diesen Entwicklungsprozeß erlebte sie hautnah mit, gefühlsmäßig, und dann begann zwischen euch eine Beziehung zu entstehen, die besonders intensiv wurde, wenn die Zeit der Trennung näher rückte.

In den zwei Wochen vor der Hochzeit hatte sie nicht einen Augenblick Ruhe. Es war, als würde sie ihre eigene Hochzeit vorbereiten: Sie wollte alle Fäden in der Hand halten, die kleinste Einzelheit kontrollieren. Die Feier sollte schlicht werden, wie bei dir und Martín, aber da deine Schwester jedes Aufsehen vermeiden wollte, beschloß sie im Kloster zum Heiligen Grabtuch außerhalb der Stadt zu heiraten und gleich dort im Kreuzgang einen Stehumtrunk zu geben. Das Vorhaben wurde oft verschoben, besonders wegen der Mönche, denn ich vermute, daß seit dem Mittelalter niemand mehr dort geheiratet hatte. Eine Woche vorher wurde Paulas Sohn krank, ein hartnäckiges Fieber, und sie verbrachte jeden freien Moment, den die Vorbereitungen ihr ließen, bei ihm. Das

Baby war, nachdem die Kleine es allmählich zu sein aufhörte, ihr Lieblingsspielzeug: Sie badete es, um das Fieber zu senken, rieb es mit Kölnisch Wasser ein und maß dann seinen Brustumfang, den Abstand zwischen den beiden Schultern, die Hände und Füße: Dieses Kind ist ungewöhnlich groß, meinte sie. Ich kann mir nicht erklären, wie es so problemlos auf die Welt kam. Und sie betrachtete Paula, die so anmutig und schlank war, sehr lange, als hätte sie uns betrogen. Die Wehrlosigkeit, die Abhängigkeit, die Verfügbarkeit des Babys weckten in ihr einen plötzlichen Beschützerinstinkt.

In jenen Tagen gewöhnte sie sich an, mit einem Glas Wasser in der Hand zu leben. Auf jemanden, der nicht wußte, was in dem Glas war, mußte sie wie eine verstockte Trinkerin wirken. Sie lief überall mit dem hochgehaltenen Glas in der Hand herum, gab Eis hinein und trank bei jeder Unterhaltung zwischen zwei Sätzen einen kleinen Schluck, wie ein Redner, dem der Mund trocken wird. Das Merkwürdige ist, daß sie diese Angewohnheiten ganz natürlich annahm, ohne sie im geringsten mit der Krankheit in Verbindung zu bringen. Nach Tisch pflegten wir uns einander gegenüberzusetzen und zu plaudern. Ich war weiterhin blockiert, und diese Gespräche heiterten mich ein bißchen auf. Ich nickte, wenn sie mich fragte, ob die Engel kämen, und täuschte sie damit wissentlich. Auch sie versuchte mich zu täuschen, indem sie mir sagte, es gehe ihr etwas besser als am Abend zuvor. Bei jenen Gesprächen verwendeten wir zweideutige, unaufrichtige Wörter. Keiner von uns beiden war aufrichtig, sondern wir taten so als ob, und beide waren wir von vornherein mit dem Betrug einverstanden. Aber meistens schwiegen wir. Es genügte uns, daß wir einander ansahen und kannten. Die Stille, der Überdruß der ersten Nachmittagsstunden hatten keine Bedeutung. Wir waren zusammen, und das reichte. Als sie von mir schied, sah ich es noch deutlicher: jene wortlosen Gespräche nach Tisch, jene planlosen Blicke ohne große Erwartungen ans Leben, sie waren schlicht und einfach das Glück.

Aber nach diesem Beisammensein lauerte immer wieder von neuem die Folter der leeren Leinwand. Vor ihr überfiel mich ein Gefühl der Frustration, als hätte ich nie gemalt; das Weiß der Leinwand verursachte mir Schwindel, und anfangs wagte ich nicht, sie zu beflecken, und wenn ich mich doch dazu durchrang, kam unweigerlich ein Geschmiere heraus. Um mich zu trösten, dachte ich an bessere Zeiten, an meine Erfolge, an meine am meisten gefeierten Gemälde und zweifelte daran, daß ich ihr Schöpfer war. Es entstand das Paradox, daß ich den Maler beneidete, der ich gewesen war, den Maler, der ich vor einem halben Jahr gewesen war, und ich fragte mich, ob wir ein und derselbe Mann sein konnten. Aber je mehr ich mich zu konzentrieren bemühte, um so weniger fiel mir ein, um so deutlicher wurde die Dürre. Die Überzeugung, meine Malerei werde geschätzt, erlaube mir, Geld zu verdienen, brachte mir nicht den geringsten Trost. Was für einen Wert hatte das Wissen, jemand gewesen zu sein, der man nicht mehr war? Ich dachte sogar, meine Bedeutung als Maler sei eitle Einbildung, es gebe einzig und allein den Willen deiner Mutter, daß ich es sein sollte, und jetzt, da sie dahinsiechte, trete der große Betrug zutage. Ich hatte zwar zwei Ausstellungen in Europa und einen erfolgreichen Händler, aber die Bilder wurden verkauft und mußten ersetzt werden. Wodurch? Diese Sorge vergrößerte mein Unvermögen, und um meine totale Demoralisierung aufzuhalten, griff ich auf die in die Ecke gestellten Bilder zurück, nahm sie mir abermals vor, übermalte sie immer wieder, und verschaffte mir das schäbige Gefühl, schöpferisch tätig zu sein. Diese List war zwar hohle Illusion, flößte mir aber wenigstens eine Spur von Disziplin ein, eine Ahnung davon, daß ich noch zum Arbeiten fähig sei. Im Grunde war ich mir der Endgültigkeit der Krise so sicher, daß ich mich nicht von ihr zu reden traute, und die Händler hielt ich hin, ohne ihnen Erklärungen zu geben. Wozu auch, wenn sie mich doch nicht verstanden hätten? Glücklicherweise wurde ihr die Lage nicht klar, und ich konnte Einladungen und Vorträge ausschlagen, ohne ihren Argwohn zu wecken. Ich hielt mich an eine Alibi-Ethik: Ein Maler, der nicht malen konnte, hatte kein Recht, über Malerei zu sprechen. Mit dieser Sophisterei tröstete ich mich. Es hieß also durchhalten, die Zeit vergehen lassen. Aber was konnte die Zeit schon bringen außer neuen Widerwärtigkeiten?

Alicia schenkte sie zur Hochzeit das gleiche, was sie Martín und dir geschenkt hatte: die erste Rate zu einer bescheidenen Eigentumswohnung im neuen Stadtviertel am Fluß. Die Anlage war zwar nicht schön, aber großzügig und luftig. Sie faßte es in einem zutreffenden Adjektiv zusammen: sauerstoffreich. Eine sauerstoffreiche Wohnung, in der sich angenehm leben ließ. Eine Wohnung brachte in ihr Leben zusätzliche Abwechslung. Wie zuvor mit dir studierte sie die Pläne, bekritzelte sie mit Entwürfen, ging mit einem Meterstab in die Wohnung und maß immer wieder die Räume aus. Dann richtete sie sie auf dem Papier ein. Daraufhin entstand eine Vorstellung des Ganzen, der freien Stellen, der Leerräume. Alicia schwankte, aber deine Mutter ließ nicht locker: Bücher; Bücher und Bilder. Was willst du dorthin haben? Die Bibliotheken, die sie provisorisch in die Pläne einzeichnete, waren so zahlreich, daß Alicia bezweifelte, sie jemals füllen zu können. In wenigen Tagen entwarf sie die Wohnungseinrichtung.

Mit dem Wasserglas in der Hand lief sie hin und her, und diese Beschäftigung lenkte sie ab, ließ sie ihre Krankheit vergessen, auch wenn die Taubheit in der Backe zunahm und allmählich ihre Unterlippe pelzig wurde.

Eines Nachmittags überraschte uns Mar: Die Kleine läuft schon! rief sie. Wir rannten in den Salon, und deine Tochter stand allein da, wackelig, mit einem Lätzchen in der Hand, und als sie sich bewegen wollte, schwankte sie und suchte nach einem Halt. Sie war gerade erst elf Monate alt geworden, und deine Mutter schloß aus diesem eigentlich nicht ungewöhnlichen Umstand, es handele sich um ein überbegabtes Kind. So drückte sie sich dir gegenüber beim letzten Besuch im Gefängnis aus, während ich mir das Gehirn zermarterte, weil ich nach einer Möglichkeit suchte, dich über ihren ernsten Zustand in Kenntnis zu setzen, ohne dich aufzuregen. Ich tat es so plump, redete so sehr um den heißen Brei herum, daß ich dich besorgt zurückließ: Es ist gutartig. Die Ärzte bleiben dabei, daß es gutartig ist, sagte sie zu dir. Aber du stelltest mit gesundem Menschenverstand fest, daß im Kopf außer ein paar Gedanken nichts gutartig sein könne. So daß ihr euch beim Abschied lange in die Augen saht und du mich auch bei meinem nächsten Besuch, als deine Mutter schon im Koma lag und das Enzephalogramm flach verlief, auf die gleiche Weise ansahst, mit dem passiven Blick der Verurteilten: Bitte, sorge für das Kind, sagtest du zu mir.

Glücklicherweise normalisierten Gustavos Transaminasen sich kurz nach seiner Heimkehr. Er nahm mit deinen übrigen Geschwistern, den Verwandten, den Eltern des Bräutigams und noch ein paar Leuten an Alicias Hochzeit teil: Oscar, César Varelli, Primo, Evelio Estefanía, Verónica und der unvermeidliche García Elvira, dessen Vergreisung deine Mutter bis zuletzt ertrug. Wenige Leute für viel Kirche, ein riesiges Gotteshaus, in drei Abschnitten errichtet, die Jahrhunderte auseinanderlagen. Und vielleicht erweckte es deswegen wegen der Dicke seiner Quader oder weil ihr, Leo und du, fehltet, einen kalten Eindruck, der dank der Orgel und den Gesängen der Gäste allmählich gemildert wurde. Es wurde eine karge Hochzeit, und ich wandte die ganze Zeit vom Presbyterium aus meinen Blick nicht von ihr: ihr braunes Gesicht über dem Weiß der Bluse, der zerbrechliche, gereckte Hals, die entzündete Stimme beim Singen. Mit ihrem schwarzen Samtkostüm wirkte sie wie eine Schülerin, und sie legte soviel Schmelz in ihre Stimme, daß diese von den übrigen abstach und an einigen Stellen der Eindruck entstand, sie singe allein. Als wir in den Kreuzgang hinaustraten, geriet sie vor Freude außer sich: Sie nahm sich der Gäste an, stellte Gruppen zusammen, kümmerte sich um die Bedienung, sorgte sich um

Sitzgelegenheiten für García Elvira und die Älteren, auch wenn sie selbst stehen blieb. Sie aß und trank nichts, aber das unumgängliche Glas Wasser schien ein unerschöpflicher Energiequell zu sein. Erst als ich ihr zerstreut einmal mit der Fingerspitze einen Krümel vom Kinn wischte, wurde sie wütend. Ihre Reaktion war übermäßig, so, als hätte jemand sie nackt überrascht. Wie scheußlich! sagte sie. Sie fuhr sich mit einer Serviette kräftig über die Lippen. Das habe ich nicht gemerkt, rechtfertigte sie sich. Ich nickte und bemühte mich, die Angelegenheit herunterzuspielen, aber sie fühlte sich plötzlich unsicher. Sie versuchte sich zu fangen, und bis zu einem gewissen Grad gelang ihr das auch, aber ihre übertriebene Reinlichkeit ließ sie den Vorfall nicht vergessen. Ab und zu ging sie zu den bodentiefen Fenstern des Kreuzgangs, um den pelzigen Bereich ihres Gesichtes zu überprüfen. Seit diesem Tag hatte sie immer einen winzigen Spiegel bei sich, den sie alle fünf Minuten aus der Handtasche holte, um ihr Gesicht anzuschauen. Es war eine Angewohnheit zum Selbstschutz wie das Glas Wasser und wurde wie dieses mit der größten Natürlichkeit gehandhabt.

Auf der Rückfahrt im Wagen lächelte sie mir mit einer Seite des Mundes zu. Ich spüre meine Zunge nicht, sagte sie zu mir. Stört es dich, wenn ich einen Moment die Augen zumache? Sie lehnte sich an meiner Seite auf dem Sitz zurück und sagte während der halben Stunde Fahrt nicht ein einziges Wort. In jener Nacht schnarchte sie im Schlaf. Das war eine so unerhörte Neuigkeit, daß sie selbst erschrocken davon aufwachte und Licht machte. Fehlt dir etwas? Es ist schrecklich, aber ich glaube, ich habe geschnarcht. Sie wirkte aufgeregt, konnte nicht glauben, was sie sagte. Sie nahm das Glas Wasser vom Nachttisch, benetzte sich erst die Lippen und trank dann daraus. Ich werde wieder ungemütlich, meinte sie. Sie stieg aus dem Bett und ging in das Zimmer, das sie sich extra eingerichtet hatte.

Am folgenden Morgen entdeckte ich beim Frühstücken, daß ihr Gesicht schief war. Ich schlug die Augen nieder, weil ich glaubte, es handele sich um eine Halluzination, aber als ich sie wieder hob, bestätigte sich, was ich gesehen hatte: Es war keine Halluzination. Ihr rechtes Auge blinzelte, während das linke reglos, leer, unergründlich blieb. Dasselbe Ungleichgewicht betraf den Mund: Während der rechte Mundwinkel lächelte, hing der linke schwerfällig herunter. Ich wollte mich an ihre lebendige Hälfte klammern, aber die Angst hatte sich in mir eingenistet, die Teetasse in meiner Hand zitterte, und mein Magen wurde hart wie aus Zement. Fehlt dir etwas? Sie sprach mich mit der rechten Mundhälfte an, und ich vernahm ihre Worte mit dem linken Ohr, während ihr schwarzes Glotzauge mich ohne das geringste

Mitleid anstarrte. Ich zog die Schultern hoch und stützte mich mit den Handflächen vor den Augen auf den Tisch, bis ich ihren Arm auf meinen Schultern bemerkte. Als ich den Kopf hob, sah ich, daß die Ungleichmäßigkeit verschwunden war: Sie war wieder sie selbst geworden. Ich schwieg. Ich gab ihr keine Erklärungen über die merkwürdige Erscheinung und machte auch keine Bemerkung darüber; aber mir blieb das bittere Gefühl, daß das, was ich durch ihre stiere Pupille gesehen hatte, der Schatten des Todes gewesen war.

Zwei Tage später fuhren wir nach Madrid zurück, um sie dem Kontrastradiogramm zu unterziehen. Es war eine raffinierte und grausame Untersuchungsmethode an einem vorzeitig kalten Oktobertag, und als man sie drei Stunden später ins Zimmer heraufbrachte, zitterte sie wie Espenlaub. Sie bat mich, ich solle die Fenster öffnen und wir sollten sie allein lassen. Die Angehörigen und Freunde warteten vor der Tür, und Dr. Gil bestätigte seine Diagnose: gutartiger Tumor am Gehörnerv, fast mit Sicherheit ein Neurinom. Obwohl er mit solchen Szenarien vertraut war, blickte er mich mit seinen Schlitzäuglein mitleidig an: Solche Dinge lassen sich leicht operieren. Es ist nicht dringend, aber Sie sollten es auch nicht zu lange hinausschieben, sagte er. Angesichts meines Schweigens fragte Nicolás ihn nach angesehenen Neurochirurgen. Er nannte zwei Namen. Den besten, betonte ich. Er wagte nicht, sich festzulegen. Die beiden Kapazitäten sind im Ausland, aber heutzutage kann man das auch hier machen. Das Wort Kapazität hatte mich nicht mehr losgelassen, aber als wir mit deiner Mutter darüber sprachen, zögerte sie nicht: Besser in Madrid; ich will lieber nicht so weit weg. Glücklicherweise war Dr. Calvo in Oscars Augen eine gute Wahl, so daß ich zu ihm nach Madrid fuhr. Er war ein energischer und beherrschter Mann, zurückhaltend, aber selbstsicher; wohl das, was ich in diesem Augenblick brauchte. Nicolás, der mich begleitete, trieb das Gespräch voran. Der Optimismus dieses Arztes war noch größer als der des Neurologen: Die Todesrate? Sagen wir fünf Prozent. Das zu hören tröstete mich, aber Nicolás brachte ihn ungerührt auf ein anderes Thema: die Gefahr, die Schädeldecke zu öffnen, in einem so heiklen Mechanismus zu wühlen. Der Arzt betrachtete schweigend die Untersuchungsergebnisse, die normalen und die Kontrastradiogramme. Die Stelle ist genau lokalisiert. Höchstwahrscheinlich werden wir den Fazialis opfern müssen, sagte er schließlich. Den Nerv? Er lächelte und senkte den Kopf: Damit zerstören wir das Gleichgewicht des Gesichtes, ich weiß, aber etwas müssen wir aufs Spiel setzen. Mein Magen wurde hart; er war wie zusammengeschnürt. Nicolás machte ihn darauf aufmerksam, daß seine Mutter noch eine junge Frau sei mit einer hohen Vorstellung von

Schönheit. Während sie sich unterhielten, erinnerte ich mich an Professor Anta, der zu einer Karikatur seiner selbst geworden war, als man ihm den Gesichtsnerv durchtrennt hatte. Er war so entstellt gewesen, daß sie ihn in dem Institut, wo er lehrte, entlassen hatten. Ich hatte das Gefühl, mich in einem Tunnel mit zwei versperrten Ausgängen zu befinden: Wie die Lösung des Problems auch aussehen würde, deine Mutter war dazu verurteilt, sich zu verwandeln; sie durfte nicht die Frau bleiben, die wir gekannt hatten. Wir legten den Termin fest: den 7. November. Vorher würde der Arzt eine Untersuchung der Kranken vornehmen, obwohl die Kontrastradiogramme eindeutig genug waren.

Als wir nach Hause kamen, trafen wir Alicia und Juan vor, die ihre Hochzeitsreise abgebrochen hatten: Hier habe ich mehr Ruhe, sagte Alicia. Deine Mutter tat erzürnt, aber ich merkte, daß sie erleichtert war. Vielleicht war die Rückkehr deiner Schwester die letzte Befriedigung, die sie empfand, wenn man bedenkt, daß täglich alles schlimmer wurde: die leichte Lähmung, das pelzige Gefühl, die Taubheit. Sie behielt zwar ihre Freundlichkeit, aber gleichzeitig wurde ihr körperlicher Verfall deutlicher, den ich zu lindern versuchte, indem ich mit ihr in die Natur ging, ihr jeden Tag ein wenig Bewegung verordnete. Sie mochte Pinien, die einzigen warmen Bäume, wie sie zu sagen pflegte. Unter unseren Füßen knisterten die abgefallenen Nadeln, und die zwischen den Nadelzweigen durchscheinende quittengelbe Sonne freute sie. Als wir uns an einem jener Vormittage einander ganz nah fühlten, teilte ich ihr die Sache mit dem Fazialis mit: Der Chirurg müsse, um den Tumor auszuschaben, womöglich den Nerv durchtrennen. Wie hatte ich diesen Augenblick gefürchtet! Wir spazierten Hand in Hand, und während ich ihr das eröffnete, drückte ich ihre Hand fest. Der Fazialis ist der Nerv, der das Gesicht im Gleichgewicht hält, fügte ich hinzu, da sie nicht reagiert hatte. Ihre kleine Hand regte sich in meiner kein bißchen; sie wirkte wie ein toter Vogel. Ich blieb stehen und faßte sie an den Schultern: Du wirst mir doch nicht sagen, daß dir das egal ist. Sie verzog keine Miene. Endlich sagte sie gelassen: Vielleicht wäre das besser, als gar nicht zu leben. Jedenfalls wird es besser sein, als dreißig Pfund zuzunehmen. Als wir am Abend über ihre Worte sprachen, ergriff Alicia überraschenderweise Partei für sie. Ich wollte ihnen immer noch klarmachen, wie unangebracht die Alternative sei, aber sie beendete die Diskussion kurz und bündig: Auch die Ästhetik zählt.

Ohne Wolken und Kälte brach der November an; nur ein paar milde Nebelschleier, die in dem Maße, wie sie sich auflösten, den Himmel höher wirken ließen und blau färbten. Und obwohl die

Sonne farblos war, gingen wir ins Freie hinaus und unternahmen gemächliche Spaziergänge von zwei Stunden. Ich suchte in meinem Kopf nach Gesprächsthemen, die sie hätten interessieren können, aber es ging mir genauso wie vor der leeren Leinwand: Mir fiel nichts ein. Je größer die Hartnäkkigkeit, um so größer die Gedankentrübung. Das erklärte ich ihr eines Morgens, als wir wie üblich Hand in Hand spazierten: Was sollen wir einander sagen? Ich fühle mich glücklich so, antwortete sie. Ich wußte, daß sie einiges verschwieg, aber nicht, was, und durch ihr Schweigen verwehrte sie mir jede Möglichkeit des Trostes.

Eines Nachmittags sagte sie mir, sie wolle beichten. Sie verlieh ihrem Wunsch keine düsteren Nuancen: So kann ich ruhiger nach Madrid fahren, rechtfertigte sie sich. Dann nannte sie Julio Bartolomé, den Priester, der Alicia und dich getraut hat. Von Ausnahmen abgesehen, mochte sie keine Priester. Ehe sie krank wurde, sprach sie voll Verachtung von den einfältigen oder anmaßenden Predigten, dem Mangel an Schlichtheit. Sie wollte nicht, daß Julio ins Haus kam. Warum denn? Ich kann sehr gut in die Pfarrkirche gehen. Nach der Beichte war sie nicht ruhiger. Es gab etwas Widriges, das sie quälte und das Julio nicht zu bannen vermochte. Als Kind hatte sie ein Versprechen nicht gehalten, und dieses Schuldgefühl hatte sie ihr ganzes Leben lang verfolgt. Und als der Pfarrer und ich ihr mit vereinten Kräften klarzumachen versuchten, daß es sich um kindliche Bedenken handele, wurde sie wütend: Bei solchen Dingen spielt das Alter keine Rolle, sagte sie. Ich war zwar damals noch ein Kind, weiß aber, daß Faulheit und Nachlässigkeit im Spiel waren. Vergebens bemühten wir uns, sie zu beruhigen; sie verstrickte uns in ihre unschlagbare Logik: Die Sünde ist das Gewissen. Und meines ist nicht ruhig. Bartolomé machte sich schließlich Sorgen. Er schlug ihr ein entsprechendes Opfer vor, eine Ersatzbuße, aber sie ließ sich nicht darauf ein: Ein Almosen, nicht wahr? Und sie fuhr fort: Was für ein Verdienst ist so ein Opfer, wenn ich Geld genug habe? Das Problem bestand darin, die Bedeutung jener Unterlassung in ihrem Gemüt als Kind abzuwägen und die Entsprechung im Erwachsenenalter festzusetzen. Es galt zu überlegen und sich mit unbedachten Vorschlägen zurückzuhalten, mit der wir sie nur aus dem Häuschen brachten. Im Grunde, glaube ich, lenkte diese neue Frage sie von ihren verheimlichten Zwangsvorstellungen ab, milderte sie die Spannung des Wartens und war auf gewisse Weise gut für sie. Aber sie hatte es so eilig, zu einer Lösung zu kommen, daß sie mich schließlich verstimmte. Julio Bartolomé kam jeden Nachmittag zum Kaffeetrinken herauf und ließ schüchtern neue Anregungen einfließen, ganz allmählich, eine nach der anderen. Während jener ausgedehnten

Plauderstunden, die so andächtig waren, daß man hätte meinen können, wir entschieden über das Geheimnis der Dreifaltigkeit, hielt sie ihr Glas Wasser in der Hand und betrachtete im Spiegel dauernd ihren Mund. Julio beobachtete sie aufmerksam und sagte eines Nachmittags wie aus heiterem Himmel: Warum verzichtest du nicht ein paar Tage auf den Spiegel, bis du nach Madrid fährst? Diesmal wurde sie nicht wütend. Den Kopf zur Seite gelegt, sah sie ihn mit einer gewissen Verblüffung eine Weile lang an: Das gibt allerdings Sinn, sagte sie schließlich. Sie drehte sich um und schloß den Spiegel in einer Schublade des Sekretärs ein. Lächelnd wandte sie uns wieder das Gesicht zu: Jetzt haben wir's, sagte sie. Ihre ausgeprägte Magerkeit, ihr dünner, hochgereckter Hals ließen sie größer wirken. Sie ersetzte den Spiegel durch eine Papierserviette, mit der sie sich häufig über die Lippen fuhr. Und wenn sie keine hatte, strich sie sich mit der Hand übers Kinn und tat so, als würde sie grübeln.

Von Tag zu Tag wurden ihre Beschwerden deutlicher, und der Augenblick des totalen Zusammenbruchs schien nicht mehr weit. Alle bemühten wir uns, ihr Gesellschaft zu leisten, aber was, wenn sie allein war oder mitten in der Nacht während ihrer endlosen Schlaflosigkeit? Aus dem Wunsch heraus, ihr von Nutzen zu sein, verwandelte ich mich in ihren Schatten. Und jeden

Nachmittag ging ich nach der Mittagsruhe still aus dem Atelier nach unten und suchte sie im Haus. Normalerweise traf ich sie dabei an, wie sie im Schaukelstuhl sitzend Musik hörte oder ein Buch las. Die Musik wechselte jeden Nachmittag, das Buch aber war immer dasselbe: die Gedichte von Ungaretti, eine rosafarbene Ausgabe aus einem südamerikanischen Verlag. Als ich jedoch eines Nachmittags vom Atelier nach unten kam, hörte ich keine Musik und fand sie auch nicht lesend im Schaukelstuhl vor, obwohl das Buch, mit dem Gesicht nach unten aufgeschlagen, daneben auf dem Beistelltischchen lag. Da ich mich allein glaubte, hob ich es auf; als ich es umdrehte, versetzte mir der Titel des Gedichts, »Sterben«, einen Stich, und beinahe mechanisch ließ ich meine Augen über die Verse gleiten:

»Sterben wie die verdursteten Lerchen / am Trugbild des Weihers. / Oder die Wachtel, / hat sie das Meer überquert, / unterm ersten Gezweig, / weil die Lust sie verläßt / weiterzufliegen. / Nicht aber leben und klagen wie ein geblendeter Stieglitz.«

Unerwartet tauchte hinter der Sofalehne, auf die ich mich stützte, ihr Gesicht auf. Eilfertig fragte sie mich: Willst du etwas? Ich war so fassungslos, daß ich das Buch auf den Tisch legte, ohne zu wissen, was ich sagen sollte. Sie fuhr sich mit einer lässigen Handbewegung über die Stirn. Ich hatte ein wenig Kopfschmerzen und habe mich einen

Moment hingelegt, sagte sie. Ich setzte mich neben sie, und wir plauderten. Es war meist so, daß die Unterhaltung in Gang kam, wenn wir sie nicht suchten, wenn wir uns unverhofft begegneten, zu einer anderen Zeit und an einem anderen Ort als sonst. Dann kamen Worte, Gedanken, ja sogar Pläne hoch … Dennoch ließ ich mich von jenen zufällig hervorgerufenen ausführlichen Gesprächen nicht trügen. Ich wußte zum Beispiel, daß die Mitteilung, ihre Haare müßten geschnitten werden, sie mit Besorgnis erfüllt hatte, auch wenn sie nichts dazu gesagt hatte. Trotzdem parodierte sie an jenem Abend nach dem Essen den Haarschnitt, indem sie sich mit einem Haarnetz das Haar platt drückte und sich mit einem Finger den Mundwinkel hochzog. So sehe ich in ein paar Tagen aus, sagte sie. Dieser Sarkasmus war das einzige Zeichen ihres Aufbegehrens. Sie mußte meine Unmutsgeste gesehen haben, denn sie zog sich das Netz ab und setzte ein überraschtes Gesicht auf: Du darfst dir keine Sorgen machen, sagte sie. Zwischen uns wird sich nichts ändern. Ich werde von der hintersten Reihe aus deinen Vorträgen zuhören, und am Schluß komme ich dann zu dir, um dir wie eine Fremde zu gratulieren. Sie sprach sehr schnell, aufgeregt, und in den Pausen lachte sie unangebracht, als hätte sie etwas getrunken. Sie fing an, Mar und Gus zu umarmen, und ich ging erschrocken hinaus, um Oscar anzurufen.

Ihm bereitete ihr Verhalten keine Sorgen: Das ist ganz normal, sagte er. Sie wird ein Aufputschmittel genommen haben. Sie verstellt sich, um nicht den Mut zu verlieren.

Morgens ließ ich mich für gewöhnlich unausgeschlafen und besorgt auf die Couch im Atelier fallen und dachte im Halbschlaf des ersten Valiums und des ersten Glases, meine Unfähigkeit sei darauf zurückzuführen, daß deine Mutter mein Motor war, der nun ausgefallen ist. Ich betrachtete meine schwerfälligen, lahmen und mit Farbe bekleckten Hände, die Kindheitsnarbe an der Daumenspitze, die von Terpentin entfärbten Fingernägel. Es waren ausgelaugte Hände, ohne Gegenwart und Zukunft, nutzlos. Ich bedeckte mir mit ihnen die Augen und rief mir die fruchtbaren Tage in Erinnerung, als ich stundenlang mühelos gemalt hatte, in mich versunken, als hätte jemand, noch ehe ich den ersten Pinselstrich tat, mir bereits den nächsten eingegeben. Damals flüsterte eine geheimnisvolle Stimme mir das Wissen ein, und ich schrieb sie den Engeln zu, aber jetzt wurde mir klar, daß es nicht die Engel waren, sondern sie; ihr Glaube wirkte befruchtend auf mich, weil die schöpferische Kraft sich auf irgendeine Weise übertragen ließ. Manchmal mutmaßte ich, es handele sich um einen paradoxen Traum, jedenfalls kam ich dort auf der Couch, durch Beruhigungsmittel und Alkohol abgestumpft, zu dem Schluß, daß schöpferisches Handeln unmöglich ist, wenn dich nicht jemand von hinten anschiebt, dir nicht die Hand führt.

So gewöhnte ich mir Manien an: ich sei ein Medium, kein Maler; ich fing an, mir die Fingernägel zu beißen und schützte meinen Magen mit der flachen Hand, dort, wo ich Schläge zu empfangen glaubte. Meine Laune wurde giftig, ohne Umschweife verabschiedete ich ungebetene Gäste, und wenn sie mich fragte, warum ich den Leuten gegenüber so mürrisch geworden sei, schwieg ich, weil ich ihr nicht sagen konnte, ich sei wütend, daß sie sterbe und ich nie wieder würde malen können. War das vielleicht der Grund meiner Sorge? Mit wem hatte ich Mitleid, mit ihr oder mit mir? Jedenfalls wollte ich ihr helfen, obwohl mir immer wieder klar wurde: Es war zwecklos, etwas mit einem Schlag wiedergutmachen zu wollen, was einer ein Leben lang abbekommen hatte. Ich konzentrierte meine ganze Aufmerksamkeit auf die Nächte, verbrachte sie wachend, suchte *unterm ersten Gezweig,* wo sie der Wachtel gleich ihr Sterben verbarg. Ich lauschte an der Tür zu ihrem provisorischen Schlafzimmer. Kein Laut; sie rührte sich nicht, sie schnarchte nicht, man hörte sie nicht einmal atmen. Eines Nachts packte mich der Gedanke an Selbstmord, und ich konnte mich nicht beherrschen; überstürzt öffnete ich die Tür und machte Licht. Keiner da. Das Bett war unbenutzt, wenngleich die Matratze vielleicht noch den Abdruck ihres Körpers bewahrte. Ich lief in die Küche, dann in den Salon, in das Schlafzimmer Mars und der Kleinen, das neben unserem lag, in das der Jungen: vergebens. Da ging ich ins Atelier hinauf. Vom Treppenabsatz aus entdeckte ich sie dort, auf der Couch, im fahlen Licht des Notlichts, wie sie ein Bild nach dem anderen durchging, mechanisch, wie jemand, der Fotos anschaut. Es waren alte, durch die Zeit und das Übermalen unansehnlich gewordene Bilder. Sie war barfuß, saß auf ihren bloßen Füßen, und auf dem Boden stand in Reichweite ihrer Hand das unvermeidliche Glas Wasser. Auf ihren Lippen zitterte ein melancholisches Lächeln, schwach wie ein Hauch. Sie hatte meine Anwesenheit nicht bemerkt, aber als ich noch eine Stufe höher stieg, wandte sie ihren Blick ohne das geringste Erschrecken der Treppe zu; als sie mich sah, lächelte sie: Die Engel kommen nicht herunter, stimmt's? sagte sie. Sie sah mich resigniert an, mit fahlem Mitleid. Ich nickte. Schon lange nicht? Ich gab mir einen Ruck: Seitdem du krank geworden bist, sagte ich. Sie senkte den Kopf, wie sie es zu tun pflegte, auf der Suche nach einem günstigeren Blickwinkel auf mich: Ich nehme doch an, fügte sie hinzu, daß das eine nichts mit dem anderen zu tun hat. Das war etwas Unvorhergesehenes. Ich wollte schon mit Nein antworten, meine augenblickliche Dürre sei nur eine weitere Krise, sie werde vergehen, wie andere auch vergangen waren, aber plötzlich taumelte ich, bekam einen Frosch im Hals und brach in Tränen aus. Ich hatte nie vor ihr geweint. Sie faßte mich an den Händen und zog mich neben sich auf das Sofa, so daß mein Kopf an ihrer Schulter zu ruhen kam. Sie streichelte mir über die Stirn: Nur nicht die Fassung verlieren; laß dein Leben zu, sagte sie. Mit einemmal gestand ich ihr, nicht die Engel malten für mich, sondern sie, ich beschränke mich darauf, ein Medium zu sein, ein Echo ihrer Empfindsamkeit. Sie kam mit dem Kopf näher, um mir fest in die Augen zu blicken: Du bist es, der malt; schreib dir das hinter die Ohren, sagte sie. Sie deutete auf die in der Ecke stehenden Bilder: Da siehst du's ja, fuhr sie niedergeschlagen fort. Sie gab mir spontan einen Kuß auf die Wange und sagte: Primo behauptet, der Künstler sei wie ein Fluß, der abwechselnd anschwelle und versiege. Ich legte meinen Arm um ihre zerbrechlichen Schultern und zog sie an mich. Ich sah ihre Augen so nah, daß sie mich blendeten: Du bist ein wenig durcheinander wegen meiner Operation, das ist alles. Ich küßte sie. Du mußt gelassener werden, fuhr sie fort. Wir küßten uns noch einmal, dann viele Male, immer fester und wilder, und liebten uns schließlich dort auf der Couch, wie wir es schon manches Mal getan hatten. Das war unser Abschied.

Von diesem Augenblick an hörte ich auf, das *erste Gezweig* des Gedichtes zu suchen. Das gab es nicht. Sie brauchte keinen Schlupfwinkel, um zu sterben, sondern Unerschrockenheit, um *nicht zu leben und klagen wie ein geblendeter Stieglitz.* Ich suchte wieder das Buch von Ungaretti und war nicht überrascht, als ich sah, daß sie die beiden letzten Verse des Gedichtes unterstrichen hatte. Am nächsten Tag rief ich Verónica an, um sie zu fragen, wie sie sie finde: Sehr tapfer, nicht wahr? Ana, die ist unverwüstlich. Ich wußte nicht, inwieweit Verónica auf dem laufenden war: Hat sie dir das mit dem Fazialis gesagt? Da verstand sie und sperrte die Augen weit auf: Na klar. Lieber das als dreißig Pfund zunehmen. Auch García Elvira stand auf ihrer Seite: Willst du mir sagen, was aus Ana würde, wenn sie so fett wäre? Ich schwieg. Ich zweifelte so sehr an meinem Verstand, daß ich schließlich zugab, der Rest der Welt habe recht, die Ästhetik komme zuerst. Obendrein sah ich deine Mutter in jenen Tagen mit solcher Gelassenheit leben, daß ich zu der Überzeugung gelangte, ich hätte kein Recht, sie zu verwirren. Einmal allerdings brach sie auf einem Sessel zusammen, den Kopf an der Lehne, eine Kompresse mit Kölnisch Wasser auf der Stirn, aber ohne jedes Getue: Diese verflixte Untersuchung hat mir den Kopf ausgeblasen wie zum Platzen, sagte sie. Einmal bezog sie sich vage auf eine Zukunft, an der sie nicht teilhaben würde: Heute morgen habe ich Inés Villena getroffen; sie hat sich nach dir erkundigt; sie ist dein leidenschaftlichster Fan. Sie machte ein offenherziges Gesicht, aber es gelang ihr nicht, ihren Wunsch zu verbergen, alles vorher ins reine zu bringen. Ich nahm sie wie üblich auf den Arm: Die Junggesellin aus Gold? Aber sie setzte nach: Sie ist attraktiver als vor zwanzig Jahren. Als sie meine Gleichgültigkeit sah, spielte sie aus heiterem Himmel auf das Unheil an, das ich fürchtete: Womöglich überlegst du's dir morgen anders, sagte sie.

Ihre Haare waren für mich etwas so Wesentliches, daß ich es bis zum letzten Moment hinausschob, sie zu opfern. Alicia kam mit uns, und ihre Friseuse, von der sie mir als leichtsinnigem Mädchen erzählt hatte, nahm sich ihren Kopf mit äußerster Sorgfalt vor. Ich weiß nicht, warum meine Anwesenheit sie hemmte, aber sie brachte den Mund nicht auf. Sie antwortete deiner Mutter nur einsilbig, und sobald deine Schwester sich an den Balkon setzte und eine Illustrierte aufschlug, verschloß sie sich in vollkommenes Schweigen. Ich sah ihr beim Arbeiten zu, an den Türrahmen gelehnt, konnte mich zum Hineingehen nicht aufraffen. Alle taten wir so, als würden wir dem Vorgang den Stempel des Alltäglichen aufdrücken, während natürlich eine Spannung herrschte, als würden wir den Vorbereitungen zu ihrer Enthauptung beiwohnen. Das Mädchen hob schüchtern die Nackenhaare hoch. Soll ich hier schneiden? Ihre Augen glänzten, als deine Mutter sie aufforderte: Schneide nur, keine Sorge. Sie ließ die Schere zum erstenmal zuschnappen, und in der Stille des kleinen Raumes hörte man das weiche Auftreffen der Strähne auf den Dielen. Deine Mutter hielt die Perücke im Schoß, die sie sich am Tag zuvor gekauft hatte. Sie hatte sie zu Hause ein dutzendmal aufprobiert: ein paarmal in die Stirn gezogen, dann wieder in den Nacken geschoben, schließlich wie eine runde Priestermütze. Jedenfalls kommentierte sie die Anprobe ironisch und erreichte eine gewisse Ähnlichkeit. Würde es dir etwas ausmachen, mir anschließend das Haarteil zu kämmen? Es ist scheußlich, aus einem Stück, wie ein Helm; ich kann es nicht ausstehen, sagte sie plötzlich. Das Mädchen wollte gerade Haarsträhnen abteilen und die Schere unten anlegen. Unverhofft hob sie eine Hand und unterbrach den Vorgang: Warum machst du nicht einen Spaziergang? Wir brauchen dich hier nicht, sagte sie zu mir. Wie kann ich dich allein lassen? Ich stellte mich als unentbehrlich hin, spielte den starken Mann. Alicia ist doch da; das reicht, setzte sie hinzu. Ich beeilte mich fortzukommen. Ich fühlte mich gerechtfertigt und floh, nahm beim Hinuntergehen drei Stufen auf einmal, ohne auf den Aufzug zu warten. Aber wohl fühlte ich mich bei dieser Flucht nicht. Kaum kam Alicia nach Hause, sprach ich sie an: Es ist ihr nicht schlecht gegangen; überhaupt nicht. Sie war sehr gelassen, sagte sie. Mit der Perücke auf dem Kopf wirkte sie verfälscht, hörte aber nicht zu reden auf, Dinge zu planen; sie sprach sogar davon, dir die Kleine mit ins Gefängnis zu bringen, ehe sie in die Klinik ginge, aber ich widersetzte mich. Ich wollte lieber, daß sie ruhig war, bestimmt weil ich die Aufregung irgendwie mit dem Risiko in Zusammenhang brachte. Ich saß ihr nach Tisch gegenüber, die Strahlen der quittengelben Sonne lagen auf den Schlitzen der Jalousie, und vielleicht lag es an der Wirkung des Lichts oder daran, daß jener Helm sie entstellte, jedenfalls veränderte ihr Gesichtsausdruck sich plötzlich zum zweitenmal in wenigen Tagen: Während ihr rechtes Auge hell und sanft leuchtete, blieb ihr linkes leer, starr wie ein Brunnenloch. Ich warf den Kopf zurück, bis ich gegen die Sessellehne stieß, aber der schreckliche Anblick verschwand nicht. Ich hörte, wie mein Magen beim Zusammenziehen ächzte, sagte aber nichts, wartete, verängstigt, und als sie ihre Haltung veränderte, um einen Schluck Wasser zu trinken, fand ihr Gesicht wieder sein Gleichgewicht. Ich bemühte mich, in der Tiefe meiner Brust meine Stimme zu finden. Wir haben uns mit Primo in Madrid verabredet, um uns sein neues Apartment anzusehen, sagte ich. Ich bezog mich auf die Fahrt am nächsten Tag. Mal sehen, was er sagt, wenn er mich in diesem Aufzug sieht, meinte sie. Aber Primo war so zartfühlend, nicht auf ihre Frisur anzuspielen, und sie redete, während wir die Wohnung besichtigten, begeistert von dem, was schon erreicht und was noch möglich war, in die Betrachtung der Altstadt von Madrid vertieft, die sich vor der Terrasse erstreckte. Sie verfügte über sehr kostbare Schlüssel, um die Vergangenheit und die Zukunft zu beherrschen; sie konnte die Gegenwart in ihrer ganzen Fülle genießen. Und als wir die Wohnung verließen, hörte ich sie zu Primo sagen, er solle auf mich aufpassen, ich sei verwirrt, und er blieb gehorsam ein Stück zurück und gesellte sich zu mir. Deine Mutter ging mit deinen Geschwistern voraus, sie lachten mit gewisser Oberflächlichkeit; an einem bestimmten Punkt trennten wir uns. Sie teilten sich auf und gingen zu dir nach Hause oder in die Calle San Julio, und ich blieb bei ihr in der Klinik, auf einem unter dem Fenster aufgestellten Feldbett. Ich konnte in dieser Krankenhausatmosphäre kaum atmen. In der erwärmten Luft konnte ich die Miasmen fast wimmeln sehen. Sie aber hatte nichts einzuwenden: Ein manierliches Zimmer, sagte sie. Mit dem Wort manierlich bezeichnete sie nackte, kahle, funktionale Dinge, die weder häßlich noch hübsch, sondern zum Gebrauch bestimmt waren. Ein manierliches Zimmer, wiederholte sie achselzuckend.

Und nach kurzem kam ein junger Arzt, um ihr Blut abzunehmen, und sie hielt brav den Arm hin. Am Morgen kam nach einer schlaflosen Nacht derselbe Arzt und fragte sie, ob sie einmal Hepatitis gehabt habe. Hepatitis? Nicht daß ich wüßte. Solche Irrtümer belustigten sie, als würde sie auf der Straße einen Lackaffen stolpern sehen. Warum fragen Sie mich das? sagte sie. Mein Sohn hatte diesen Sommer eine. Gerinnungsprobleme, erwiderte der junge Arzt, ein schüchterner, provinzieller Mensch ohne Lächeln, den nur der grüne Kittel rettete. Er sah mich mit seinen keuschen, ein wenig scheelen Augen an und erklärte mir, man müsse den Eingriff zur Sicherheit der Patientin verschieben. Er litt unter dem Unbehagen, das für Menschen charakteristisch ist, die sich gebremst sehen, nachdem sie sich gesagt haben: Augen zu und durch. Wie lange? Das kommt darauf an; wir müssen sie vorbereiten, vier, fünf Tage, ich kann es Ihnen nicht genau sagen, erwiderte er.

Deine Mutter nahm die Verzögerung freudig auf, wie ein Schüler zusätzliche Ferien. Wir einigten uns über ihre Wünsche. Die Vormittage verbrachten wir nach einem einstündigen Spaziergang durch den Garten der Klinik im Prado, ich beim schwarzen Goya, sie bei El Greco. Er ist stärker vergeistigt; ich bin nicht für Theatralik, rechtfertigte sie sich. Zwei Stunden später trafen wir deine Geschwister bei dir zu Hause zum Essen, sie legte sich einen Moment hin, und dann gingen wir zur ersten Vorstellung ins Kino, tranken mit meinen Geschwistern bei deinem Onkel Juan Tee, und um acht kehrten wir in die Klinik zurück, sie in ihr Bett, ich auf meine Büßerpritsche. Diese Lebensführung außer Haus, mit dem kleinen Spiegel in der Hand, ohne Verpflichtungen, rief in ihr eine kindliche Freude wach; sie ließ sich von mir in den Zoo und ins Wachsfigurenkabinett begleiten, öffnete sich der Vergangenheit, und bei unseren morgendlichen Spaziergängen rekonstruierte sie zwischen dem vertrockneten Laub unser gemeinsames Leben, unsere wenigen Jugendlieben, die franziskanische Armseligkeit jener Zeit, die Universität, den ersten Kuß, die Medaille des Herbstsalons, die Hochzeit, das Stipendium in Paris, das Semester in Washington, die Kinder, die Enkel, eure Verhaftung. Sie verfügte über das Privileg, die Dinge von ihrer Sonnenseite zu sehen, und ich ließ mich darauf ein, wenngleich mir diese plötzliche Erinnerung ein schlechtes Vorzeichen schien. Und obwohl sie sich bemühte, ihre Ferien zu genießen, ohne die Tage zu zählen, kehrte ich jeden Abend mit der Befürchtung in die Klinik zurück, es könne der letzte sein. Doch anders als zu erwarten, bauschte sie am Abend davor nichts auf, verbrachte den Tag wie jeden anderen auch und ließ sogar ihre Studentenjahre in einem Idealzustand und mit einer Koketterie wieder aufleben, die nicht zum Augenblick paßte. Sie lag in einem offenen blauen Klinikhemd im Bett, das zusammengeknickte Kissen unter dem Kopf mit der Perücke, und trank immer wieder einen kleinen Schluck Wasser aus dem Glas auf dem Nachttisch. Darf man wissen, warum du das Studium aufgegeben hast, wenn es dir so gefallen hat? Sie hörte nicht auf zu lachen, kokettierte mit ihren Erinnerungen: Die Menschen waren eines, die Bücher etwas anderes. Es gab sehr gut aussehende Professoren, die sehr häßliche, doch in gewisser Weise lesenswerte Bücher empfahlen. Sie redete noch lange weiter, bis sie bei Tagesanbruch plötzlich von Müdigkeit übermannt wurde und einschlief. Sie wachte erst auf, als der Kaplan ihr um sieben Uhr morgens die Kommunion brachte. Er hatte sie am Nachmittag zuvor besucht, um ihr seine Dienste anzubieten: Hier heilen sie fast alle, sagte er, aber wenn Sie es wünschen, kann ich kommen, zu der Zeit, die Sie mir nennen. Er hatte ein Gesicht wie ein Mandarin, auch wenn es nicht gelb, sondern rötlich und ein wenig blutunterlaufen war. Er war indes diskret. Deine Geschwister waren bereits da, während sie kommunizierte, und als dann der Augenblick gekommen war, schob Nicolás das Krankenbett bis zum Fahrstuhl; Martín und Pablo gingen links und rechts neben ihr, und jeder hielt ihr eine Hand. Bevor sie in den Lastenaufzug geschoben wurde, lächelte sie mir zu und machte eine Abschiedsgeste. Ich zog den weißen Kittel und die desinfizierten Schuhe über, fuhr mit deinen Geschwistern in den Warteraum vor dem OP hinunter und versuchte mich mit dem Lösen eines Kreuzworträtsels abzulenken. Das gelang mir jedoch nicht; ich blieb mir des Vergehens der Stunden bewußt, von Ovidio Pozas' Lippen abhängig, ein Freund Martíns und Arzt im Team, der ab und zu heraufkam, um uns auf dem laufenden zu halten: Es läuft alles gut. Es hat keine Überraschungen gegeben. Am Mittag teilte er uns mit, die Operation sei beendet und Dr. Calvo erwarte uns in seinem Zimmer, um uns Rede und Antwort zu stehen. Inzwischen war Primitivo Lasquetti eingetroffen; er war der einzige Anwesende, der nicht zur Familie gehörte: Seine Treue rührte mich. Dr. Calvo stellte sich an die Spitze des Teams, wie ich weiß nicht was für ein Marschall in all seiner Beleibtheit: Die Operation war ein Erfolg. Der Tumor war tatsächlich gutartig, ein Neurinom; es befand sich an der vorhergesehenen Stelle. Die Patientin kommt gerade wieder zu Bewußtsein und ist zur postoperativen Phase auf der Intensivstation, sagte er. Ich nickte ohne Begeisterung, weil ich das alles für selbstverständlich gehalten hatte, es kam mir natürlich vor, wohingegen der Arzt nichts von dem Problem mit dem Nerv erwähnt hatte. Während deine Geschwister und Verwandten die Nachricht freudig aufnahmen, nahm ich ihn daher beiseite und fragte ihn danach. Er musterte mich von oben bis unten, als käme ich aus dem Fegefeuer: Natürlich mußten wir ihn opfern. Das war erforderlich, um den Tumor herauszuschneiden, sagte er. Ich weiß nicht, ob ich ihm dankte, aber als ich Sekunden später in die Intensivstation hinaufging und ihr leicht benommenes kleines Gesicht sah, den verbundenen Kopf, ohne eine Spur von Blut oder Gewalteinwirkung, und sie noch halb ohnmächtig fragte, ob es das Erwartete gewesen sei, dachte ich, der Arzt habe sich getäuscht. Ovidio Pozas indes klärte mich darüber auf, der Eingriff sei noch frisch, das Ungleichgewicht trete erst zutage, wenn das Operationstrauma nachlasse.

Als wir uns Minuten später in einer nahegelegenen Imbißstube zusammenfanden, um eine Kleinigkeit zu essen, grummelten mir Ovidios Worte im Magen, aber noch hatte ich ein wenig Hoffnung. Ich hatte schon Fälle von Krankheiten erlebt, die unverhoffte Wendungen nahmen, im Unterschied zu den ärztlichen Vorhersagen. Konnte das nicht so ein Fall sein? Im Grunde vertraute ich auf die Fähigkeit deiner Mutter zu überraschen, das Gegenteil von dem zu tun, was die Leute von ihr erwarteten. Es ist zwar merkwürdig, aber während der kurzen Zeit, die ich nicht in der Klinik war, dachte ich ausschließlich an ihren Gesichtsnerv, nicht an die Möglichkeit, daß sie sterben könnte. Ich fürchtete nicht, sie werde von uns gehen, sondern daß man sie uns veränderte. Die Leute, dachte ich, sterben nicht einfach so. Die Operation war ein Erfolg gewesen, der Tumor entfernt, und sie hatte nachher ganz zusammenhängend gesprochen. Wie hätte ich da denken sollen, daß sie sterben könnte? Darum fürchtete ich, als dein Bruder mir erleichtert zulächelte, ausschließlich, die Intensivstation könne uns eine andere Frau zurückgeben und nicht, daß sie dort bleiben werde. Ich konnte nichts essen, trank eine Tasse Tee und lief wieder in die Klinik. Was trieb mich dazu wegzurennen, mit solcher Schnelligkeit wieder dorthin zurückzukehren? Etwas zerrte an mir, aber ich wußte nicht, was. Mit einem Schlag erfuhr ich es, als das Telefon inständig läutete: Ja, ich bin es, sagte ich. Ich wiederholte es. Es ertönte ein merkwürdiges Rauschen. Darunter hörte ich die Stimme von Ovidio Pozas, der im Auftrag des Chirurgen sprach: Etwas Unvorhergesehenes; ein Hirnschlag. Sie haben sie bewußtlos in den OP gebracht, sagte er in einem Zug. Ich hörte meine Stimme in einem wehleidigen, mäkelnden Ton: Willst du damit sagen, daß sie ihr den Kopf noch einmal aufgemacht haben? Von da an kann ich mich nicht mehr klar erinnern; alles liegt wie in Nebelschwaden. Ich sehe Leute in einer Reihe, ernste Gesichter, dunkle Gruppen im Flur, und ich höre mich immer wieder sagen, wie ein Automat: Ein Hirnschlag. Sie operieren sie noch mal. Jetzt beklagte ich meinen Widerstand dagegen, sie mit dem kaputten Nerv zu nehmen, und vor meinem Gewissen schob ich den Rückfall auf mein Begehren, sie unversehrt zurückzubekommen. Dieses Gefühl des Scheiterns, plötzlich mit nichts dazustehen, weil ich alles gewollt hatte, war eine Empfindung, die ich schon als Kind erlebt hatte, eine Art Strafe für meinen Ehrgeiz. Bei Einbruch der Dunkelheit wurde sie wieder auf die Intensivstation gebracht. Hat sie das Bewußtsein wiedererlangt? Ovidio zuckte die Achseln: Noch nicht. Wir müssen warten. Wie lange mußten wir warten? Jemand hatte die Nachricht verbreitet, und Leute kamen, fragten nach, sagten die angebrachten Worte und gingen wieder fort.

Alles war bis ins kleinste kalkuliert. Dr. Calvo war ein Meister in der Kunst, Informationen zu dosieren, so daß, als alles zu Ende ging, keiner *Betrug* schrie; alle erwarteten wir es. Ein paar Tage lang war das Zimmer 206 eine Totenwache ohne Leiche (die Leiche atmete noch im oberen Stockwerk, wie, wußte man nicht). Primo kam in aller Frühe mit seinen Zeitungen unter dem Arm, setzte sich neben die Tür und blätterte sie durch, geräuschvoll die Seiten faltend. Es war eine Totenwache ohne Leiche und ohne Zeit, wenn auch die Seiten, die Primo in regelmäßigen Abständen durchlas, eine Art Maß darstellten, eine Spur von Zeiteinteilung ermöglichten. Die Nachrichten wurden ganz allmählich schlechter, verdüsterten das Warten, aber ließen die Tür der Hoffnung offen: Sie liegt im Koma. Ohne das Bewußtsein wiedererlangt zu haben? Ovidio senkte den Kopf, gestand es wie beschämt ein. Für mich waren Koma und Sterben eines, und das sagte ich ihm. Er beeilte sich, die Vorstellung zurechtzurücken: Bitte nein! Wir haben jeden Tag Patienten, die aus dem Koma aufwachen. Ich lernte Dinge über den Tod und den Vortod, über das, was zu retten, und das, was unheilbar verloren war: Die Werte sind normal. Willst du hinauf und sie besuchen? Ich traute mich nicht. Ich konnte sie mir nicht passiv, abwesend, ohne Worte vorstellen. Jetzt bedauere ich, es nicht getan zu haben, ihre noch warmen Wangen nicht gestreichelt zu haben. Aber im geeigneten Moment tat ich es nicht, und dann fiel es mir jede Stunde schwerer. Wie konnte jemand bei ihr sein, *wenn sie nicht da war?*

Primitivo kam eines Morgens mit der Nachricht, Franco liege im Sterben, er sei ohne große Aussichten in den Marställen des Pardo operiert worden. Die aus der Calle San Julio bestätigten es eine Stunde später: Ana kommt womöglich noch, sagten sie. Es entspann sich ein makabrer Zweikampf, wer zuerst das Zeitliche segnen würde. Keiner verlieh dem Gedanken Ausdruck, aber er lag in der Luft. Doch die Stunden des Todes sind langsam, und in jener sich hinziehenden Ungewißheit entschloß ich mich, dich zu besuchen, um dich über ihren Zustand in Kenntnis zu setzen. Du brachtest die Lippen nicht auseinander; du hast kein Wort gesagt. Der Glanz aus deinen Augen verschwand; deine Augen wurden matt und sanken ein wie bei einem zum Tode Verurteilten. Als ich ging, versagte deine Stimme fast: Paß bitte auf die Kleine auf, sagtest du zu mir.

Ich war zwar wie gelähmt, aber im Taxi flakkerte wie jedesmal, wenn ich mich von der Kranken entfernte, eine absurde Hoffnung auf, die Illusion, in meiner Abwesenheit sei dort etwas Undenkliches geschehen. Aber was hätte schon geschehen können? Als ich ins Zimmer kam, war alles wie vorher: Deine Geschwister saßen auf dem leeren Bett und warteten, über der Gruppe lag Schweigen, während Primo den Takt der Zeit angab, indem er die Zeitungen geräuschvoll umblätterte. Ab und zu trat wie jeden Morgen oder jeden Nachmittag jemand in das Zimmer oder ging hinaus, kam Ovidio mit einer winzigen Neuigkeit oder kündigte sich das Ärzteteam an. Und bei Einbruch der Dunkelheit brachten Tante Concha und Onkel Juan mir etwas zum Essen, und wenn ich fertig war, ging ich in die Cafeteria und nahm zum Nachtisch ein Valium zehn und zwei Gläser Wein. Diese von den Ärzten so geschmähte Verbindung hatte wunderbare Wirkungen: Sie machte mich gelassener und höhlte gleichzeitig meinen

Körper aus, machte ihn leicht und schwebend. In diesem Augenblick, dem einzigen des Tages, wurde wieder alles möglich; Leben und Tod standen auf Messers Schneide.

In der vorletzten Nacht traf ich auf dem Rückweg von der Cafeteria Dr. Calvo in Begleitung von Julio Bartolomé, der mich besuchen gekommen war. Das Antlitz des Arztes wirkte gipsern, verstört; als er mit mir sprach, schaute er auf seine Schuhspitzen: Das EEG verläuft flach, sagte er brummig, als sei etwas entgegen seinen Anweisungen geschehen. Flach? Ihr Gehirn arbeitet nicht mehr, erläuterte er. Ich sah Julio flehentlich an, aber er hörte schweigend ebenfalls dem Bericht des Arztes zu. Mir fehlten die Worte, obwohl ich gerade meine unfehlbare Kombination geschluckt hatte, aber Nicolás, der zur Gruppe gestoßen war, fragte, ob die Lage unabänderlich sei, worauf Dr. Calvo erwiderte, das könne man bei der Medizin nie sagen, da es immer jemanden gebe, der schon einmal von einem flachen EEG zurückgekommen sei, aber wenn er eine Rate angeben solle, dann läge die Wahrscheinlichkeit nicht besser als eins zu tausend.

Ich schlief weiterhin auf der Pritsche unter dem Fenster, und deine Geschwister leisteten mir abwechselnd Gesellschaft. In ihrem Beisein war ich ruhig gewesen, aber nach dem letzten Bericht versank ich in der Benommenheit der Beruhigungsmittel, im an Sinnungstäuschungen reichen Schlaf der gemeinen Kombination. In der letzten Nacht litt ich unter merkwürdigen Alpträumen von Puppen mit Weckern anstelle des Herzens. Eine dieser Puppen lachte jedesmal gellend, wenn sie einen der kleinen weißen Bälle fing, die ihr Dr. Calvo von seinem Platz hinter Dr. Gils Schreibtisch aus zuwarf; aber in einem bestimmten Augenblick entging ihr ein Ball und fiel aufhüpfend zu Boden. In diesem Moment ging die Weckerklingel los und schrillte laut. Der Arzt stand ruhig auf, drückte auf die Feder, und es herrschte wieder Stille, die diesmal so drückend war, daß ich geschrien haben muß, denn als ich die Augen auf schlug, war das Licht und Martíns Gesicht neben mir: Fehlt dir etwas? Ich betrachtete die nüchterne Lampe über seinem Kopf, die weißlackierten Möbel, die weißen Wände. Ich versuchte mich zurechtzufinden. Ein Alptraum, sagte ich. Ich richtete mich auf und öffnete einen Fensterflügel. Wie spät ist es? Vier Uhr zehn. Ich blickte ins Nichts, ins Leere, sagte aber betrübt: Sobald wir uns an den Gedanken gewöhnt haben, wird der Arzt ihr Herz anhalten, wie er vorhin den Wecker angehalten hat. Martín hatte den Kopf gesenkt und weigerte sich, zum Komplizen meines Deliriums zu werden: Willst du einen Spaziergang machen? fragte er mich.

Um sieben Uhr desselben Abends sah ich ohne vorherige Ankündigung den Trupp grüner Kittel, angeführt von der massigen Gestalt des Chefchirurgen am Ende des im Halbdunkel liegenden Korridors. Der Anblick war nichts Neues, aber an diesem Abend ahnte ich: Sie kommen, um mir zu sagen, daß sie die Uhr angehalten haben. Und das Gefühl des Déjà-vu war so stark, daß ich wußte: Ein Schuh des rothaarigen Arztes, der innen am Gang entlangging und dessen Haar aufflammte, wenn er an den Notbeleuchtungen der Türen vorbeiging, quiekste. Und in dem Maße, wie sie näher kamen, quietschte der Schuh des rothaarigen Arztes lauter, er quietschte im Takt mit den Schritten, wie eine Begleitmusik des Zuges. Als sie auf der Höhe unserer Gruppe anlangten, hielten sie, Dr. Calvo machte eine halbe Kehrtwendung nach rechts, während die übrigen, unter ihnen Ovidio Pozas, sich hinter ihm gruppierten, in bequemer Stellung, und ihm den Rücken freihielten. Dr. Calvo wandte sich an mich (auf seinem festen Blick lag ein Schatten, als wäre er in seinem kriegserfahrenen, soldatischen Auftreten erschüttert): Sie ist gestorben, sagte er. Er legte eine Pause ein und fügte nach kurzem Zögern hinzu: Sie bat uns um ihr Leben, aber wir konnten ihr den Gefallen nicht tun. Es tut mir leid. Es wurde still, und ich schloß die Augen. Da der Schuh des rothaarigen Arztes jetzt immer schwächer quietschte, wußte ich, daß der Trupp sich entfernte. Ich schlug die Augen auf und erblickte Primo Lasquetti im Türrahmen, wie er sich die Brillenhalterung zurechtbog. Er umarmte mich nicht und gab mir auch nicht die Hand; er sprach kein Wort. Er stellte sich nur zu der Gruppe, ganz seine Art, seine Solidarität zu zeigen. Da empfand ich zum erstenmal eine sonderbare Kraftlosigkeit und sagte unbeholfen zu ihm: Wir hatten davon geträumt, gemeinsam alt zu werden. Etwas erboste ihn; mit deutlicher Überheblichkeit warf er mir seinen kurzsichtigen Blick zu: Vergiß es, sagte er. Frauen wie Ana haben kein Recht, alt zu werden. Ich wollte noch etwas sagen, das ihrer würdig gewesen wäre, etwas den Umständen Angemessenes, aber ich war wirr im Kopf und konnte meine träge Zunge nicht zum Sprechen bewegen. Als deine Schwester Alicia mich so wehrlos sah, erbarmte sie sich meiner. Sie umarmte mich schluchzend und sagte aufgeregt: Primo hat recht. Ich kann mir Mama nicht vorstellen, wie sie eine Maske trägt, sie in einer Anstalt sabbert oder den Rest ihres Lebens als Krüppel verbringt. Wenn der Tod schon unvermeidlich ist, war es dann nicht besser so?

Miguel Delibes (1920–2010) gilt in Spanien als moderner Klassiker, 1993 wurde er mit dem bedeutendsten Literaturpreis des Landes, dem Premio Cervantes, ausgezeichnet. *Frau in Rot auf grauem Grund* schrieb er 1991 als Hommage an seine eigene Ehefrau Ángeles de Castro, die 1974 verstarb.

Spanischsprachige Literatur bei Wagenbach

Sara Mesa **Quasi** Roman

Ein junges Mädchen, ein älterer Herr, ein Versteck im Park – und ein doppelbödiger Roman, in dem vieles anders ist, als es scheint.

Aus dem Spanischen von Peter Kultzen

Quart*buch*. Klappenbroschur. 144 Seiten

María Gainza **Lidschlag**

Blicke, Bilder und Geschichten: ein Buch, in dem sich Kunst und Leben auf einzigartige Weise verweben – mühelos und elegant erzählt von einer argentinischen Exzentrikerin.

Aus dem argentinischen Spanisch von Peter Kultzen

SVLTO. Rotes Leinen. Fadengeheftet. 168 Seiten

Juan Marsé

Gute Nachrichten auf Papierfliegern Roman

Eine ehemalige Varietétänzerin – eine alte Dame mit Papagei und Kanarienvogel – öffnet dem jungen Bruno die Augen: ein kleines Buch, das eine große Geschichte erzählt.

Aus dem Spanischen von Dagmar Ploetz

SVLTO. Rotes Leinen. Fadengeheftet. 96 Seiten

Javier Fernández de Castro

In Erinnerung an einen vorzüglichen Wein Roman

Ein gehörnter Winzer, ein Verleger technischer Fachliteratur, ein Ingenieur, viel Rotwein und noch mehr Kühe: Ein kurzer Roman über eine Männerfreundschaft in Logroño, der spanischen Hauptstadt des Weins.

Aus dem Spanischen von Timo Berger

SVLTO. Rotes Leinen. Fadengeheftet. 120 Seiten

Spanische Literatur bei Wagenbach

Javier Sebastián
Der Radfahrer von Tschernobyl Roman
Sebastián entführt uns aus Paris nach Prypjat, der Retortenstadt in unmittelbarer Nähe des Reaktors, und erzählt eindringlich die Schicksale seiner Bewohner.
Aus dem Spanischen von Anja Lutter
WAT 711. Broschiert. 224 Seiten

Juan und Juanita Spanische Liebesgeschichten
Was ist aus dem guten alten spanischen Macho geworden? Gibt es ihn noch, oder hat sich Don Juan inzwischen in eine Doña Juanita verwandelt?
Herausgegeben von Marco Thomas Bosshard
SVLTO. Rotes Leinen. Fadengeheftet. 144 Seiten

Madrid Eine literarische Einladung
Sie stehen am Rande eines Nervenzusammenbruchs? Dann auf nach Madrid! Spanische Schriftsteller führen Sie durch eine der abwechslungsreichsten europäischen Großstädte!
Herausgegeben von Marco Thomas Bosshard und Juan-Manuel Garcia Serrano
SVLTO. Rotes Leinen. Fadengeheftet. 144 Seiten

Frau in Rot auf grauem Grund erschien im Herbst 2020 als 256. *SVLTO.*

Die spanische Originalausgabe erschien 1991 unter dem Titel *Señora de rojo sobre fondo gris* bei Ediciones Destino in Barcelona, die deutsche Erstausgabe 1995 als Quart*buch* bei Wagenbach.

MIX
Papier aus verantwortungsvollen Quellen
FSC® C013736

Verlag Klaus Wagenbach, Emser Straße 40/41,
10719 Berlin www.wagenbach.de
Autorenfoto © Archiv Verlag Klaus Wagenbach
Einbandgestaltung Julie August unter Verwendung des Bildes *Berlin 1924* (Öl auf Leinwand) © Catherine Abel / Bridgeman Images 2020. Gesetzt aus der Charter.
Vorsatzpapier von peyer graphic GmbH, Leonberg.
Leinen von Gebr. Schabert, Strullendorf. Gedruckt auf Schleipen und gebunden von Kösel, Krugzell.

ISBN 978 3 8031 1355 9

9 783803 113559